U0923582

阅读之前 没有真相

午 夜 文 库

阿加莎·克里斯蒂

马普尔小姐系列

阿加莎·克里斯蒂
Agatha Christie (1890—1976)

无可争议的侦探小说女王，侦探文学史上最伟大的作家之一。

阿加莎·克里斯蒂原名为阿加莎·玛丽·克拉丽莎·米勒，一八九〇年九月十五日生于英国德文郡托基的阿什菲尔德宅邸。她几乎没有接受过正规的教育，但酷爱阅读，尤其痴迷于歇洛克·福尔摩斯的故事。

第一次世界大战期间，阿加莎·克里斯蒂成了一名志愿者。战争结束后，她创作了自己的第一部侦探小说《斯泰尔斯庄园奇案》。几经周折，作品于一九二〇年正式出版，由此开启了克里斯蒂辉煌的创作生涯。一九二六年，《罗杰疑案》由哈珀柯林斯出版公司出版。这部作品一举奠定了阿加莎·克里斯蒂在侦探文学领域不可撼动的地位。之后，她又陆续出版了《东方快车谋杀案》《ABC 谋杀案》《尼罗河上的惨案》《无人生还》《阳光下的罪恶》等脍炙人口的作品。时至今日，这些作品依然是世界侦探文学宝库里最宝贵的财富。根据她的小说改编而成的舞台剧《捕鼠器》，已经成为世界上公演场次最多的剧目；而在影视改编方面，《东方快车谋杀案》为英格丽·褒曼斩获奥斯卡大奖，《尼罗河上的惨案》更是成为几代人心目中的经典。

阿加莎·克里斯蒂的创作生涯持续了五十余年，总共创作了八十余部侦探小说。她的作品畅销全世界一百多个国家和地区，累计销量已经突破二十亿册。她创造的小胡子侦探波洛和老处女侦探马普尔小姐为读者津津乐道。阿加莎·克里斯蒂是柯南·道尔之后最伟大的侦探小说作家，是侦探文学黄金时代的开创者和集大成者。一九七一年，英国女王授予克里斯蒂爵士称号，以表彰其不朽的贡献。

一九七六年一月十二日，阿加莎·克里斯蒂逝世于英国牛津郡沃灵福德家中，被安葬于牛津郡的圣玛丽教堂墓园，享年八十五岁。

阿加莎・克里斯蒂 侦探作品年表

波洛系列

1920 The Mysterious Affair at Styles《斯泰尔斯庄园奇案》

1923 Murder on the Links《高尔夫球场命案》

1924 Poirot Investigates《首相绑架案》

1926 The Murder of Roger Ackroyd《罗杰疑案》

1927 The Big Four《四魔头》

1928 The Mystery of the Blue Train《蓝色列车之谜》

1932 Peril at End House《悬崖山庄奇案》

1933 Lord Edgware Dies《人性记录》

1934 Murder on the Orient Express《东方快车谋杀案》

1935 Three—Act Tragedy《三幕悲剧》

1935 Death in the Clouds《云中命案》

1936 The ABC Murders《ABC 谋杀案》

1936 Murder in Mesopotamia《古墓之谜》

1936 Cards on the Table《底牌》

1937 Dumb Witness《沉默的证人》

1937 Death on the Nile《尼罗河上的惨案》

1937 Murder in the Mews《幽巷谋杀案》

1938 Appointment with Death《死亡约会》

1938 Hercule Poirot's Christmas《波洛圣诞探案记》

1940 Sad Cypress《H 庄园的午餐》

1940 One, Two, Buckle My Shoe《牙医谋杀案》

1941 Evil Under the Sun《阳光下的罪恶》

1943 Five Little Pigs《五只小猪》

1946 The Hollow《空幻之屋》

1947 The Labours of Hercules《赫尔克里· 波洛的丰功伟绩》

1948 Taken at the Flood《顺水推舟》

1952 Mrs. McGinty's Dead《清洁女工之死》

1953 After the Funeral《葬礼之后》

1955 Hickory Dickory Dock《山核桃大街谋杀案》

1956 Dead Man's Folly《弄假成真》

1959 Cat Among the Pigeons《鸽群中的猫》

1960 The Adventure of the Christmas Pudding《雪地上的女尸》

1963 The Clocks《怪钟疑案》
1966 Third Girl《第三个女郎》
1969 Hallowe'en Party《万圣节前夜的谋杀》
1972 Elephants Can Remember《大象的证词》
1974 Poirot's Early Stories《蒙面女人》
1975 Curtain—Poirot's Last Case《帷幕》

马普尔小姐系列

1930 The Murder at the Vicarage《寓所谜案》
1932 The Thirteen Problems《死亡草》
1942 The Body in the Library《藏书室女尸之谜》
1943 The Moving Finger《魔手》
1950 A Murder Is Announced《谋杀启事》
1952 They Do It with Mirrors《借镜杀人》
1953 A Pocket Full of Rye《黑麦奇案》
1957 4.50 from Paddington《命案目睹记》
1962 The Mirror Crack'd from Side to side《破镜谋杀案》
1964 A Caribbean Mystery《加勒比海之谜》
1965 At Bertram's Hotel《伯特伦旅馆》
1971 Nemesis《复仇女神》
1976 Sleeping Murder《沉睡谋杀案》
1979 Miss Marple's Final Cases《马普尔小姐最后的案件》

其他系列及非系列

1922 The Secret Adversary《暗藏杀机》
1924 The Man in the Brown Suit《褐衣男子》
1925 The Secret of Chimneys《烟囱别墅之谜》
1929 Partners in Crime《犯罪团伙》
1929 The Seven Dials Mystery《七面钟之谜》
1930 The Mysterious Mr. Quin《神秘的奎因先生》
1931 The Sittaford Mystery《斯塔福特疑案》
1933 The Witness for the Prosecution《控方证人》
1934 Why Didn't They Ask Evans?《悬崖上的谋杀》
1934 The Listerdale Mystery《金色的机遇》

阿加莎·克里斯蒂 侦探作品年表

1934 Parker Pyne Investigates《惊险的浪漫》

1939 Murder Is Easy《逆我者亡》

1939 And Then There Were None《无人生还》

1941 N or M?《桑苏西来客》

1944 Towards Zero《零点》

1945 Sparkling Cyanide《闪光的氰化物》

1945 Death Comes as the End《死亡终局》

1949 Crooked House《怪屋》

1950 Three Blind Mice and Other Stories《三只瞎老鼠》

1951 They Came to Baghdad《他们来到巴格达》

1954 Destination Unknown《地狱之旅》

1958 Ordeal by Innocence《奉命谋杀》

1961 The Pale Horse《灰马酒店》

1967 Endless Night《长夜》

1968 By the Pricking of My Thumbs《煦阳岭的疑云》

1970 Passenger to Frankfurt《天涯过客》

1973 Postern of Fate《命运之门》

1997 While the Light Lasts《灯火阑珊》

出版前言

纵观世界侦探文学一百七十余年的历史，如果说有谁已经超脱了这一类型文学的类型化束缚，恐怕我们只能想起两个名字——一个是虚构的人物歇洛克·福尔摩斯，而另一个便是真实的作家阿加莎·克里斯蒂。

阿加莎·克里斯蒂以她个人独特的魅力创造了侦探文学史上无数的传奇：她的创作生涯长达五十余年，一生撰写了八十余部侦探小说；她开创了侦探小说史上最著名的“黄金时代”；她让阅读从贵族走入家庭，渗透到每个人的生活中；她的作品被翻译成一百多种文字，畅销全球一百五十余个国家，作品销量与《圣经》《莎士比亚戏剧集》同列世界畅销书前三名；她的《罗杰疑案》《无人生还》《东方快车谋杀案》《尼罗河上的惨案》都是侦探小说史上的经典；她是侦探小说女王，因在侦探小说领域的独特贡献而被册封为爵士；她是侦探小说的符号和象征。她本身就是传奇。沏一杯红茶，配一张躺椅，在暖暖的阳光下读阿加莎的小说是一种生活方式，是惬意的享受，也是一种态度。

午夜文库成立之初就试图引进阿加莎的作品，但几次都与版权擦肩而过。随着午夜文库的专业化和影响力日益增强，阿加莎·克里斯蒂的版权继承人和哈珀柯林斯出版公司主动要求将版权独家授予新星出版社，并将阿加莎系列侦探小说并入午夜文库。这是对我们长期以来执着于侦探小说出版的褒奖，是对我们的信任与鼓励，更是一种压力和责任。

新版阿加莎·克里斯蒂作品由专业的侦探小说翻译家以最权威的英文版本为底本，全新翻译，并加入双语作品年表和阿加莎·克里斯蒂家族独家授权的照片、手稿等资料，力求全景展现“侦探女王”的风采与魅力。使读者不仅欣赏到作家的巧妙构思、离奇桥段和睿智语言，而且能体味到浓郁的英伦风情。

阿加莎作品的出版是一项系统工程，规模庞大，我们将努力使之臻于完美。或存在疏漏之处，欢迎方家指正。

新星出版社

午夜文库编辑部

Agatha Christie

Over the next few years, we plan to celebrate two very important Agatha Christie anniversaries. In 2015, it is the 125th anniversary of her birth in Torquay, South Devon, England, and in 2020 it will be 100 years after her first book, THE MYSTERIOUS AFFAIR AT STYLES, featuring her famous detective, Hercule Poirot, was published. This is therefore a very appropriate moment to publish a new edition of her works, and I am delighted that HarperCollins has chosen to work with New Star on these new editions. New Star is China's top crime publisher, and has a strong and dedicated editorial staff and a confirmed passion for Agatha Christie, making them the ideal partner. It is the right time to make these classic books available in modern translations and so to bring Agatha Christie's books anew to her many fans in China, giving them a new reason to re-read these much-loved stories, as well as introducing them to a whole new audience. How delighted Agatha Christie would have been that her stories (as she called them) are still giving so much pleasure to so many people all over the world!

I think there are two very remarkable things about Agatha Christie's stories. The first is that they are so adaptable. It doesn't really matter which language they appear in, the stories and the plots still give the same thrill, still provide the same puzzles, and the characters still have the same attraction. Readers in China will I am sure enjoy Hercule Poirot and Miss Marple just as much as we do in England, and readers in China will still be transfixed by the surprises and horrors of AND THEN THERE WERE NONE, one of the great classics of 20th century detective fiction, as we are here.

Agatha Christie

The second is that the stories give a wonderful picture of England, particularly rural England, at the time Agatha Christie lived. She wrote books from 1920 until 1970 but it is sometimes hard to tell which part of her life each book was written in. Her characters and the life they lived were very much the same. The life we all live is changing very quickly these days but "the Agatha Christie world stays the same. Perhaps the Miss Marple stories provide the best example of this, and in some ways THE BODY IN THE LIBRARY and NEMESIS are quite similar, despite the fact that thirty years elapsed between the time they were written.

Perhaps I might end by mentioning three Agatha Christies (other than the ones mentioned above) which I think demonstrate why she is so popular, even in the twenty-first century. The first is MURDER ON THE ORIENT EXPRESS, one of the most famous with one of the most ingenious and human plots. Read this on one of your long train journeys in China! Next is A MURDER IS ANNOUNCED, a Miss Marple which was her 50th book. It has my favourite murderer in it! And last is ENDLESS NIGHT a story about evil and how it affects three young people, written at the time when I knew her best, and understood how deeply she cared and sympathised with young people and the world they lived in.

Whichever are your favourites I hope you enjoy these stories that New Star are introducing to you again. I think it is a great publishing event.

Mathew Prichard

Grandson of Agatha Christie

Chairman of Agatha Christie Ltd

致中国读者

（午夜文库版阿加莎·克里斯蒂作品集序）

在接下来的几年中，我们将要筹备两个非常重要的关于阿加莎·克里斯蒂的纪念日。二〇一五年是她的一百二十五岁生日——她于一八九〇年出生于英国的托基市；二〇二〇年则是她的处女作《斯泰尔斯庄园奇案》问世一百周年的日子，她笔下最著名的侦探赫尔克里·波洛就是在这本书中首次登场。因此新星出版社为中国读者们推出全新版本的克里斯蒂作品恰逢其时，而且我很高兴哈珀柯林斯选择了新星来出版这一全新版本。新星出版社是中国最好的侦探小说出版机构，拥有强大而且专业的编辑团队，并且对阿加莎·克里斯蒂的作品极有热情，这使得他们成为我们最理想的合作伙伴。如今正是一个良机，可以将这些经典作品重新翻译为更现代、更权威的版本，带给她的中国书迷，让大家有理由重温这些备受喜爱的故事，同时也可以将它们介绍给新的读者。如果阿加莎·克里斯蒂知道她的小故事们（她这样称呼自己的这些作品）仍然能给世界上这么多人带来如此巨大的阅读享受，该有多么高兴啊！

我认为阿加莎·克里斯蒂的作品有两个非常重要的特征。首先它们是非常易于理解的。无论以哪种语言呈现，故事和情节都同样惊险刺激，呈现给读者的谜团都同样精彩，而书中人物的魅力也丝毫不受影响。我完全可以肯定，中国的读者能够像我们英国人一样充分享受赫尔克里·波洛和马普尔小姐带来的乐趣；中国读者也会和我们一样，读到二十世纪最伟大的侦探经典作品——比如《无人生还》——的时候，被震惊和恐惧牢牢钉在原地。

第二个特征是这些故事给我们展开了一幅英国的精彩画卷，特别是阿加莎·克里斯蒂那个年代的英国乡村。她的作品写于二十世纪二十年代至七十年代间，不过有时候很难说清楚每一本书是在她人生中的哪一段日子里写下的。她笔下的人物，以及他们的生活，多多少少都有些相似。如今，我们的生活瞬息万变，但“阿加莎·克里斯蒂的世界”依旧永恒。也许马普尔小姐的故事提供了最好的范例：《藏书室女尸之谜》与《复仇女神》看起来颇为相似，但实际上它们的创作年代竟然相差了三十年。

最后，我想提三本书，在我心目中（除了上面提过的几本之外）这几本最能说明克里斯蒂为什么能够一直受到大家的喜爱。首先是《东方快车谋杀案》，最著名，也是最机智巧妙、最有人性的一本。当你在中国乘火车长途旅行时，不妨拿出来读读吧！第二本是《谋杀启事》，一个马普尔小姐系列的故事，也是克里斯蒂的第五十本著作。这本书里的诡计是我个人最喜欢的。最后是《长夜》，一个关于邪恶如何影响三个年轻人生活的故事。这本书的写作时间正是我最了解她的时候。我能体会到她对年轻人以及他们生活的世界关心至深。

现在新星出版社重新将这些故事奉献给了读者。无论你最爱的是哪一本，我都希望你能感受到这份快乐。我相信这是出版界的一件盛事。

阿加莎·克里斯蒂外孙

阿加莎·克里斯蒂有限责任公司董事长

马修·普理查德

二〇一三年二月二十日

阿加莎·克里斯蒂侦探作品集82

伯特伦旅馆

At Bertram's Hotel

Agatha Christie®

（英）阿加莎·克里斯蒂 著
舒金佳 译

新 星 出 版 社 NEW STAR PRESS

献给哈里·史密斯，感谢他用科学的眼光阅读我的小说。

第一章

伦敦西区的中心有一些小巷子，除了经验丰富的出租车司机以外，几乎没什么人知道。出租车司机们总能得意洋洋地穿街走巷，到达帕克街、伯克利广场或南奥德利大街。

如果你从帕克街拐上一条不知名的路，左右再拐一两次弯，就会发现自己来到了一条安静的街道上，而你的右手边就是伯特伦旅馆。伯特伦旅馆已经有很长的历史了。战争期间，它右侧的房屋尽毁，左侧稍远一些的房屋也未能幸免，旅馆却毫发无损。当然，按房产经纪人的说法，它不可避免地留下了一些损坏的痕迹。不过，经一笔数目不大的费用修整之后，这座房子就恢复如初。到一九五五年时，它看上去就跟一九三九年的时候一模一样——高贵、朴实，静静地显露自己不凡的价值。

伯特伦旅馆有着长年不断的客源。其中有高级神职人员、乡村贵族的遗孀，还有在昂贵的礼仪学校念书的姑娘们，在她们放假回家的途中，伯特伦旅馆也是可以暂时歇脚的地方。（“现在的伦敦，适合独自出行的姑娘住的地方真是少得可怜，而伯特伦旅馆恰恰就是少数地方之一。我们在那儿住过好些年呢。”）

当然，曾经有过许多与伯特伦相似的旅馆。其中一些依然存在，但是它们几乎都觉得改革是势在必行的趋势。为了迎合不同的顾客，它们进行了必要的现代化改造。伯特伦也不例外，但它做得丝毫不露痕迹，乍看之下并不怎么明显。

大门外的台阶下站着门卫，仪表堂堂，姿态仿佛一位陆军元帅，金色穗带和金属勋章装点着他那强壮而宽阔的胸膛。他的举手投足都无可挑剔。如果你患有风湿，很难自己从轿车或出租车里出来，他会体贴而关切地迎接你，小心地引导你走上台阶，并领你穿过静静打开的大门。

进入门内，如果这是你第一次来到伯特伦，你会近乎惊奇地发现自己穿越到了一个消失已久的世界。时光倒流，你再一次置身于爱德华时代的英格兰。

当然，旅馆里是有中央空调的，但是并不突兀。像以前一样，中央大休息厅里，有两处煤火总是烧得正旺的壁炉。壁炉旁的黄铜煤斗擦得锃亮，如同出自爱德华时代的女仆之手。里面盛着的煤块，大小也和那时候的一模一样。休息大厅铺着毛绒绒的红色天鹅绒地毯，给人一种舒适的感觉。扶手椅都不是当今这个时代的。椅面离地板很高，这样患了风湿的老太太就不必有失风度地挣扎着站起来。和如今许多昂贵入时的椅子不一样，这些椅子的坐垫大小适中，没有在臀部和膝部的中间短上一截，这样就不会给患有关节炎或坐骨神经痛的人带来什么痛苦。旅馆的椅子也不全是一种型号的，有的直背，有的躺背，椅宽各不相同，以适应不同的体形。不管高矮胖瘦，几乎任何体形的人都可以在伯特伦找到一张适合自己的椅子。

现在是喝茶时间，大厅里坐满了人。其实休息大厅并不是唯一可以饮茶的地方。旅馆内有一个客厅（用印花棉布装饰）；一个吸烟室（由于某种不为人知的原因仅供男士使用），里面的大椅子都是用上等皮革所制；还有两个书房，你可以带一个要好的朋友来，在安静的角落里舒适地说些闲话——如果愿意，你还可以在那里写信。除了这些令人惬意的爱德华式休息场所，旅馆中还有一些其他的角落。这些地方并没有大肆宣传，但需要用它们的人们总能找到。有一个双重酒吧，里面有两位调酒师。一个是美国人，他让美国客人有宾至如归的感觉，并为他们提供波本酒、裸麦酒及各式鸡尾酒。另一个是英国人，他为客人提供雪利酒和皮姆一号酒，还可以和中年绅士们畅谈爱斯科赛马场和纽伯里的赛马——他们往往是为了参加重要的赛马大会才来伯特伦入住。一间电视娱乐室隐蔽地藏在走廊的尽头，以满足客人们看电视的需求。

但休息大厅仍是人们喝下午茶的首选地点。上了年纪的女士们喜欢在这儿看着人们进进出出，会会老朋友，感叹世事多变。休息大厅还吸引了许多美国客人，他们饶有趣味地看着那些英国贵族认认真真、平心静气地喝着传统的下午茶。于是，下午茶也成了伯特伦的一大特色。

这里的一切都是那么完美。旅馆的日常主事是亨利，他身材高大挺拔，五十多岁，慈祥、热心，拥有那些消失许久的工种——完美无缺的男管家——所特有的谦和而威严的风范。身材纤细的年轻侍者们在亨利严格的指挥下进行日常的工作。旅馆里有许多印有徽章的银制托盘、乔治时代的银茶壶；还有瓷器——即使不是罗金厄姆和达文波特的，看起来也很像。这里的布林德厄尔式瓷器尤其受欢迎。茶也是上好的，都是最好的印度茶、锡兰红茶、大吉岭和正山小种。至于吃的东西，你可以点任何你想吃的，而且肯定能吃到。

这天，十一月十六日，来自莱斯特郡的塞利娜·哈茨夫人，六十五岁，正在吃涂满黄油的美味松饼，这是所有老太太们的最爱。

松饼虽然吸引了她的大部分注意力，但是每当大厅的门打开，她总能敏锐地察觉到访者，抬起头来视察一番。

这就是为什么她能微笑着点头欢迎勒斯科姆上校的到来。他身材挺拔，有军人风范，脖子上挂着一副单筒望远镜。她像旧时的独裁者一般，傲慢地示意他过来。不一会儿，勒斯科姆上校来到了她身边。

"您好，塞利娜，您怎么到城里来了？"

"看牙医，"塞利娜夫人嚼着松饼，含糊不清地说，"我想着，既然来了，不如再去找哈利大街的那人给我看看关节炎。你知道我说的是谁。"

虽然哈利大街上治疗各种疾病的时髦医生有上百人，但勒斯科姆的确知道她指的是哪位。

"治疗有效果吗？"他问道。

"我宁愿相信他的医术，"塞利娜夫人勉强说道，"真是非同一般的家伙，出其不意地揪住我的脖子，像拧鸡脖子一样转了一下。"她小心地转动自己的脖子。

"伤着您了吗？"

"那样拧脖子肯定疼。不过时间太短我来不及感觉。"老夫人继续小心地转动着脖子，"感觉还不错。我多年来头一次能越过右肩看东西了。"

她实际检测了一下，向右看去，然后惊叫道："我敢肯定那是老简·马普尔，我原以为她好几年前就死了。她看来像一百多岁了。"

勒斯科姆上校瞥了一眼死而复生的简·马普尔女士，但她并没有引起他多少兴趣：伯特伦里总有零星几个像这样被他称作“长毛老猫”的人。

塞利娜夫人继续说道：

“这可是伦敦唯一还能品尝到松饼的地方，真正的松饼。你知道吗？去年我在美国，他们早餐菜单上也有叫松饼的东西，但和真正的松饼完全是两回事。那只是些加了葡萄干的茶点。我就奇怪了，为什么那也能叫松饼呢？”

她把最后一口沾满黄油的食物塞进嘴里，不着痕迹地看了看四周。亨利眨眼间就来了。他不急不慌，好像凭空出现一样。

“您还需要点什么，夫人？蛋糕如何？”

“蛋糕？”塞利娜夫人思忖着，拿不定主意。

“我给您推荐我们这儿的香饼，夫人，它们尝起来非常可口。”

“香饼？我已经很多年没吃过了，是正宗的吗？”

“哦，是的，夫人。厨师的秘方是祖传的，您肯定喜欢。”

亨利对一个随员使了个眼色，年轻人马上退下去吩咐制作香饼。

“我想您去了纽伯里吧，德里克？”

“是的。天气实在太冷了，我连最后两场赛马都没看。非常糟糕的一天。哈利的那匹小母驹完全不行。”

“我早料到它不怎么样。斯旺希尔达如何？”

“最后得了第四。”勒斯科姆站起身来，“我得去看看我的房间。”

他穿过休息大厅，向前台接待处走去，同时看了看大厅里的桌子和客人。在这里喝下午茶的人数惊人，仿佛回到了往日的时光。这里的人把喝茶当作一顿饭那样隆重，这在战后已经有点过时了，但在伯特伦显然不是那么回事。这些人都是谁呢？两个教士和奇斯尔汉普顿的主任牧师。对了，在那边角落里有一个穿高帮鞋套的人，应该是一位主教，至少他的职位绝不会低于主教！看来这儿缺的只是教皇了。“至少也得是大教堂的教士才能负担得起伯特伦的花销。”上校想到。普通的神职人员是来不起这种地方的，可怜的家伙们。这么一想，他不明白像塞利娜·哈茨这样的人怎么能付得起旅馆的开销，她每年只有大约两便士的钱来养活自己。还有贝里老太太、从萨默塞特来的波斯尔韦特夫人，和西比尔·克尔——她们都跟教堂里的老鼠一样穷。

他一边这样想，一边走到前台，接待员戈林奇小姐亲切地向他问好。戈林奇小姐是老朋友了，她认识旅馆中的每一位老主顾，就像对待皇室成员一样，她从没忘记过一张顾客的脸。她的衣着复古，看起来很可敬，留着一头卷发，发色微黄（似乎还用了很复古的发夹）。她身着黑色丝裙，脖子上挂着的金吊坠盒垂在高耸的胸前，还别了个刻有浮雕的宝石胸针。

“十四号，”戈林奇小姐说，“勒斯科姆上校，我想您上次住的也是十四号房间，而且您也很喜欢它。那间很安静。”

“我真不能想象你是如何把这些事都记住的，戈林奇小姐。”

“我们希望能让老朋友们住得舒适些。”

“来到这里就像回到了很久以前。好像一切都没变。”

他打住了话头，汉弗莱斯先生从里面的一个房间走出来跟他打招呼。

汉弗莱斯先生经常被初来乍到的人误认为是伯特伦先生本人。究竟谁是伯特伦先生，或者是否真的存在这样一位伯特伦先生，这类问题的答案已经消散在历史的迷雾中了。伯特伦旅馆创建于一八四〇年，但从未有人有兴趣追本溯源。它就那么结结实实地矗立在那里。有人把汉弗莱斯先生称为伯特伦先生时，他也从不纠正，如果人们希望他是伯特伦先生，那么他就是。勒斯科姆上校知道他的名字，但他不知道汉弗莱斯到底是旅馆的管理者还是所有者。他觉得更像是后者。

汉弗莱斯先生五十来岁，风度翩翩，颇有初级部长的风范。他可以在任何时候满足客人们的任何要求。他可以谈论赛车店、板球、国际政治；可以说些皇家轶事、提供车展信息；他还知道时下上演的最有意思的剧目；哪怕美国游客停留的时间再短，他也能建议他们去哪里观光。他知道所有有用的信息，能告诉不同收入、不同口味的顾客哪些餐厅最适合他们就餐。他做这些事情，并没有降低自己的身份。他也并非随时待命，戈林奇小姐对这些信息手到擒来，并且可以高效地转述。汉弗莱斯先生就像太阳般，时不时地出现在地平线上一会儿，以他的私人关怀使某个人感到荣幸。

这一刻便是勒斯科姆上校有这样的荣幸，他们就几个老套的赛马问题交换了看法，但勒斯科姆上校心中盘旋着先前的疑问，现在终于有了可以给他答案的人。

“告诉我，汉弗莱斯，那些可爱的老太太是怎么住到这儿来的呢？”

“哦，你觉得这很奇怪是吗？”汉弗莱斯觉得很有意思，“嗯，答案很简单。她们自然是负担不起的，除非……”

他停顿了一下。

“除非你给她们特价优惠，对吗？”

“差不多。她们通常不知道自己享受了特价，即使意识到了，她们也会认为那是因为她们是老顾客。”

“那，不会就这样吧？”

“嗯，勒斯科姆上校，我是在经营一家旅馆，我可不能做赔本买卖。”

“但这样你怎么赚钱呢？”

“这是一个有关氛围的问题……到我们国家来的陌生人（尤其是美国人，他们通常都很富裕）对英国是什么样有自己独特的想法。你知道，我说的不是那些常在大西洋上往来的商业巨头，这些人通常会去萨伏依或多切斯特酒店。他们要求享受全套的现代化设施、美国食品，还有一切能使他们感到亲切熟悉的东西。但是还有许多难得来一次的外国游客，在他们的期待中，英国应该是——嗯，我不说像狄更斯时代那么遥远，但他们起码读过《克兰弗德》和亨利·詹姆斯的作品，他们肯定不希望看到英国竟然和他们自己的国家一样！所以他们在这儿住过之后，回去就会说：‘伦敦有一个了不起的地方，叫伯特伦旅馆，住在那里就像回到了一百年前。它就是古老的英格兰！那儿住的都是什么样的人啊！你在别的地方是绝不会碰到的！那儿有了不起的公爵夫人，供应所有古老的英式菜肴，有美味的旧式牛排布丁！你肯定从未品尝过这样的东西。那儿有上好的牛腰肉和羊肉，还有传统的英式茶以及美妙的英式早餐。当然啦，也有其他普通的食物。那里非常舒适，非常温暖。用木柴烧火取暖这点子棒极了。’”

汉弗莱斯停止模仿，差点儿就咧开嘴笑了。

“我明白了，”勒斯科姆若有所思地说，“这些人，没落的贵族、贫穷的古老世家，他们都是一些很好的摆设，是吗？”

汉弗莱斯先生点头表示赞同。

“我很奇怪，为什么没有其他人发现这个问题。当然，我发现伯特伦可以说已经完全具备了相关条件，只缺一些昂贵的老古董了。

所有来这里的人都以为只有他们发现了那些东西是真古董，其他人都不知道。”

“我想，”勒斯科姆说，“当初买那些古董时一定花了不少钱吧？”

“噢，是的。这里虽然看起来像爱德华时代，但也得有一些现代人习以为常的舒适条件。我得让那些老宝贝们——请原谅我这样称呼她们——觉得尽管新世纪开始了，但生活并没有变化；同时让我们的游客既可以感受到另一个时代的氛围，又可以享受到在家习以为常、缺了就活不下去的东西。”

“有时是不是很难办到呢？”勒斯科姆问道。

“不太难。拿暖气来说，美国人要求——我得说是需求——的温度比英国人高出至少十华氏度。因此，我们有两种完全不一样的客房。我们安排英国人住一种，美国人住另一种。这些房间从外观上看来都是一样的，但实际上有很大差别——像浴室里的电动剃须刀、淋浴喷头和浴缸；如果你想吃美式早餐，我们便提供麦片、冰橙汁等等，当然如果愿意，还可以吃英式早餐。”

“鸡蛋和熏肉？”

“对。不过如果需要的话，品种远不止这些，熏咸排，腰子和熏肉，冷松鸡肉，约克火腿，还有牛津橘子酱。”

“我明早一定要记起这些名字，在家里再也吃不到这样的东西了。”

汉弗莱斯笑了笑。

“大部分男士只点鸡蛋和熏肉。他们，嗯，他们早已不再惦记旧时的那些东西了。”

“是的，是的……记得我小时候……餐具架都被热菜给烫得直哼哼……没错，这种生活方式非常奢华。”

“我们尽量满足顾客的任何要求。”

“包括香饼和松饼——没错，我明白了，各取所需，就是这样，最大限度地满足要求……有点像共产主义。”

“什么？”

“就是随口一说，汉弗莱斯。物极必反。”

上校拿着戈林奇小姐给他的钥匙转身走开了，一个侍从过来领他到电梯。不经意间，他看到塞利娜·哈茨夫人正和她那叫作简什么的朋友坐在一起。

第二章

“我猜你现在还住在可爱的圣玛丽米德吧？”塞利娜夫人说，“那是个多么美丽又宁静的村庄！我经常想起它，它还是老样子吧？”

“嗯，不太一样了。”马普尔小姐想了想自己的住处：新的住宅区，扩建的乡公所，令商业街改头换面的时髦临街店铺——她叹了口气：“我想，人总得接受变化。”

“进步，”塞利娜夫人含糊不清地说，“尽管在我看来这不是什么进步。看看他们现在弄的那些智能排水装置。上面涂满了各种各样的颜色，好看倒是挺好看，他们称之为‘涂饰’。听起来倒是不错，但是那些按键中又有哪个是真的‘提’或‘按’一下就管用呢？每次去朋友家，你都会在洗手间看到这一类的标记：‘速按速松’，‘向左侧拉’，‘迅速松手’。但是在以前，你只要随意地拉拉把手，水就立刻像瀑布一样流淌出来——这位是亲爱的梅德门哈姆的大主教。”塞利娜夫人截住话头，看着从旁边经过的一位长相英俊的年长教士：“我敢肯定他几乎快瞎了，不过是个了不起的激进派神父。”

一小段关于神职人员的谈话开始了，其间穿插着塞利娜夫人同许多朋友和熟人的寒暄，其中许多人都不是她以为她认识的人。她和马普尔小姐谈了一会儿“过去的日子”，当然了，马普尔小姐与塞利娜夫人的生活经历大不相同，她们能一起回顾的日子也只有那么几年，那时候新寡而手头拮据的塞利娜夫人住在圣玛丽米德的一栋小房子里，她的第二个儿子那时就驻扎在附近的一个空军基地。

“你来伦敦时都住在这儿吗，简？奇怪，我以前怎么从没在这儿见过你？”

“噢，我之前都不住这儿。我可付不起房费，而且，这些年我几乎没离开过家。这次也不是我付的钱，是我的一个好心的外甥女，她觉得到伦敦走走对我有好处。琼是个好心的姑娘——也许可以勉强称她为姑娘。”马普尔小姐不安地想到，琼现在都快五十岁了，“要知道，她是位画家，颇有名气。琼·韦斯特。她前不久刚办了个画展。”

塞利娜夫人对画家没什么兴趣，实际上她对任何有关艺术的事都不感兴趣。她认为作家、美术家和音乐家都是些头脑聪明、精通表演的动物；她总是表现得很喜欢他们，但心底里还是奇怪为什么他们会以此为职。

“我觉得这是些时髦人物，”她说着，目光游移不定，“那位是西塞莉·朗赫斯特——瞧，她又染了头发。”

“恐怕亲爱的琼还真挺时髦的。”

在这一点上，马普尔小姐大错特错了。琼·韦斯特二十多年前曾时髦过，但现在已被那些年轻的艺术家“新贵”们视作彻头彻尾的老古董了。

马普尔小姐稍稍瞥了一眼西塞莉·朗赫斯特的头发，便又沉浸到幸福的回忆中，她想起了琼是多么的善良。琼曾对自己的丈夫说：

"我希望我们能为可怜的舅妈做点什么。她从没离开过家。你说她是否愿意去伯恩茅斯住上一两周呢？"

"好主意。"雷蒙德·韦斯特说。他的新书非常成功，所以心情相当好。

"我觉得她很喜欢西印度群岛的那次旅行，尽管有点遗憾的是被卷入了一起谋杀案。[1]对于她这个年纪的人来说，这可不是什么好事。"

"她好像总碰到这样的事情。"

雷蒙德很喜欢他的老舅妈，经常为她准备一些活动，还把他认为她可能会感兴趣的书送给她。令他吃惊的是，她常常礼貌地谢绝这些款待，尽管她总说那些书"非常精彩"，他有时不禁怀疑她从未读过它们。当然了，她的视力确实越来越不行了。

在最后一点上，他错了。马普尔小姐的视力与她的同龄人相比是很不错的，而且她总是怀着强烈的兴趣和乐趣注视着发生在她身边的一切。

对于琼提出的，让她在伯恩茅斯一家最好的旅馆住一两周的提议，她踟蹰着，喃喃地说："亲爱的，你们真是，真是太好了，可是我真的不想……"

"可这对您有好处，简舅妈。偶尔离开家出去走走很有好处。这会给您一些新的想法，也会让您遇见新的事情。"

"啊，是的，你说得很对，我也愿意到外面去转转，调节一下。不过，也许伯恩茅斯不是我的首选。"

琼有点惊讶，她还以为伯恩茅斯是简舅妈最向往的地方。

"伊斯特本？还是托基？"

---

①关于此案，详见《加勒比海之谜》。

“我真正想去的地方是……”马普尔小姐犹豫着。

“哪儿？”

“我敢说你们肯定会觉得我太蠢。”

“不，我保证不会的。”这位亲爱的老太太到底想去哪儿呢？

“我真的想去伯特伦旅馆——在伦敦。”

“伯特伦旅馆？”这名字非常耳熟。

马普尔小姐把话一股脑地倒了出来。

“我在那儿住过一次，那时我十四岁。跟我的叔叔和婶婶一起，我的托马斯叔叔是伊利的教士，我从来没忘记过那次经历。要是我真能在那儿住上……一周就足够了，两周可能会太贵。”

“噢，没关系，您当然可以去。我早该想到您会愿意去伦敦，那里的商店——那整座城市都很吸引人。我们将安排好一切——如果伯特伦旅馆还在的话。有好些这样的旅馆都倒闭了，不是毁于战火，就是无法在这样的时代生存。”

“它还在的，我碰巧得知伯特伦旅馆仍在营业。我有一封从那里发出的信——我的美国朋友，波士顿的艾米·麦卡利斯特寄来的。当时她和她丈夫住在那儿。”

“很好，那我就先走一步，把一切都打点好。”她温柔地接着说，“恐怕等您到了之后会发现它已经和往日大不相同了，到时候您千万别觉得失望啊。”

但是伯特伦旅馆没有变化。它还是从前的老样子。在马普尔小姐看来，这简直太奇妙了。事实上，她怀疑……

这一切实在太完美了，完美到毫无真实感。凭着她异常敏锐的直觉，她非常清楚自己只是想要重温旧日的时光。她的大部分人生不可避免地用在了回忆往日的欢乐上。如果能和旁人一同回忆，那便是真正的幸福。但现在想要获得这样的幸福也不是那么容易的事了，和她同时代的人大部分都已去世。而她却仍坐在那儿回忆。让人觉得奇妙的是，现在的一切似乎使她获得了新生——简·马普尔，那个两颊粉红，肤色白皙，神情急切的小姑娘……从许多方面看还真是个傻姑娘……还有那个和自己一点儿也不合适的年轻人，他的名字是——哦，天哪，现在她甚至都记不起来了！她母亲当初那样坚决地将他们之间的友情消灭在萌芽状态，是多么明智的决定啊！许多年后她曾与他偶遇——他那样子看起来简直糟透了！当时她为了这事，至少有一周都是哭着睡着的！

当然了，如今的社会嘛——她思索着，如今……这些可怜的小家伙们，其中有一些人是有母亲的，但绝不是那种好母亲——她们不能保护自己的女儿远离愚蠢的爱情、私生子和过早的不幸婚姻。这些都太让人感到悲伤了。

她朋友的声音打断了这些沉思。

“哎呀，我还从来没有。那是——对，没错，贝丝·塞奇威克在那边！在这最不可能相遇的地方……”

马普尔小姐并没有全神贯注地听塞利娜夫人对周围事物的评论。她与塞利娜夫人完全处于两个世界，所以她没办法就那些塞利娜夫人认出的、或自以为认出的众多朋友和熟人的轶事交流意见。

可是贝丝·塞奇威克不同。贝丝·塞奇威克是个在英格兰几乎家喻户晓的名字。三十多年以来，新闻界一直在报道贝丝·塞奇威克所做的各种不同寻常或者超凡脱俗的事情。在战时的大部分时间里，她都是法国援助队的成员，据说她的枪上有六道凹痕，这代表了死在她枪下的德国人。几年前她曾独自飞越大西洋，骑马横穿欧洲大陆，最终到达了凡湖[①]；她开过赛车，还曾从失火的房子里救出过两个孩子，有过几次光彩的和不光彩的婚姻，据称她的穿衣品位在欧洲排名第二。坊间还传言，她曾成功地偷偷登上了一艘处于试航状态的核潜艇。

基于上述原因，马普尔小姐满怀兴趣地坐直了身子，毫无顾忌地用一种热切的目光注视起这位传奇人物来。

无论她曾对伯特伦旅馆抱过怎样的期待，她都绝不会想到能够在此看到贝丝·塞奇威克。奢华的夜总会，卡车司机云集的咖啡馆——这类地方都可能会符合贝丝·塞奇威克那广泛的兴趣爱好。但像伯特伦旅馆这样极具声望并且充满古典气息的地方则不像她会出现的地方。

可面前的这位，毋庸置疑就是她本人。贝丝·塞奇威克的面孔几乎每个月都出现在时尚杂志或流行刊物上。而现在，她就活生生地在这里，不耐烦地抽着烟，一脸惊讶地看着面前的大托盘，就好像从来没见过托盘似的。她点了——马普尔小姐眯起眼睛仔细辨认——她们之间的距离有点儿远——没错，她点了炸面包圈。很有意思。

她看到贝丝·塞奇威克把香烟在茶碟上碾灭，拿起一个炸面包圈，咬了一大口，一股红色的鲜草莓酱涌出来，流到她的下巴上。贝丝仰头大笑，伯特伦旅馆的休息大厅里有很长一段时间没传出过这样响亮且愉快的笑声了。

亨利立刻出现在她身边，递上一块精致的小餐巾。她接过来，像小男孩那样用力擦着下巴，感叹道："这才是我说的真正的炸面包

①位于土耳其。

圈啊！棒极了！”

她把餐巾往托盘上一扔，站起身来。同往常一样，她的一举一动都备受瞩目。她对此已经习以为常了。也许她喜欢这样，也许她早已不再注意这些。她也确实值得一看——并不是说她有多漂亮，但确实十分引人注意。浅金色的头发，光滑整齐地垂落到肩膀上，头部和脸部的骨架十分精致，鼻子稍有点鹰钩，眼窝深陷，眼珠是纯正的灰色。她生来就有一张喜剧演员式的大嘴。让大多数男士感到迷惑的是，她的服装是如此简单。用的面料是最为粗糙的那种麻布，没有任何装饰，也看不到什么扣子，线缝之类的。女人们倒是深谙此道，甚至连那些住在伯特伦旅馆的外地老太太都知道，并且相当肯定，这身衣服一定价值连城。

在贝丝 · 塞奇威克大步穿过休息大厅走向电梯的路上，她同塞利娜夫人和马普尔小姐擦肩而过。她向前者点头致意。

“你好，塞利娜夫人。自从克鲁夫茨之后再没见过你。博日瓦斯一家怎么样了？”

“你怎么想起到这儿来了，贝丝？”

“只是在这儿小住。我刚从兰德那边开车过来，花了四个小时四十五分钟。感觉还算不错。”

“总有一天你会害死自己，要不就会害了别人。”

“哦，但愿不会。”

“但你为什么会住在这儿？”

贝丝 · 塞奇威克快速朝四周扫视了一圈，似乎领悟到了这句话的言外之意，嘲讽地笑了笑。

“有人对我说这地方值得一来。他们说得不错，我刚刚吃到了最美味的炸面包圈。”

"亲爱的，他们还有正宗的松饼呢。"

"松饼，"塞奇威克夫人若有所思地说，"没错……"她似乎也表示认同。"松饼！"

她点点头，继续向电梯走去。

"与众不同的姑娘，"塞利娜夫人说。对她来说，和马普尔小姐一样，任何小于六十岁的女人都是小姑娘。"我认识她的时候，她还是个孩子。那时谁都拿她无可奈何。她十六岁时，跟一个爱尔兰马夫私奔，他们及时把她弄了回来——可能不算及时。反正最后他们把马夫打发走了，让她稳稳当当地嫁给了老科尼斯顿——他比她大三十岁，这个没用的老废物拿她一点办法也没有。这桩婚事没维持多久，她就和约翰尼·塞奇威克跑掉了。要是他没有在马术障碍赛中摔断脖子的话，两人可能还会在一起。此后，她嫁给了里奇韦·贝克尔，那条美国游艇的主人。三年前他们离婚之后，我听说她一直和某个赛车手混在一起——对方似乎是个波兰人。我不知道她到底结婚了没有。和那个美国人离婚以后，她便恢复了塞奇威克这个姓氏。她和那些最不寻常的人四处游玩。还有人说她吸毒……这事我不太清楚，我只知道这些。"

"不知道她是否过得开心。"马普尔小姐说。

显而易见，塞利娜夫人从未考虑过这一类问题，她看起来非常吃惊。

"我猜她有大笔的钱，"她迟疑地说，"赡养费之类的。当然啦，那并不意味着一切……"

"嗯，的确不是。"

"并且她总有那么一个——或者几个男人——追随在她身后。"

"哦？"

“当然，对一些女人来说，在这个年纪，这些便是她们想要的一切……但不管怎么说……”

她停了停。

“不，”马普尔小姐说道，“我还是觉得不是这样。”

也许有人会对这么一位老妇人的声明露出善意的嘲笑，她不可能是花痴界的权威。实际上，马普尔小姐自己也不会用“花痴”这个词——用她自己的话来形容就是“总是对男人太感兴趣”。但是塞利娜夫人把她的观点视作自己看法的佐证。

“她的生活中确实一直有很多男人。”她指出。

“是的，没错。但是我想说，你难道不觉得男人对她来说只是一种经历，而不是生活的必需品吗？”

马普尔小姐怀疑地想，会有哪个女人来伯特伦旅馆只为和男人幽会？伯特伦旅馆绝对不是这样的地方。但对于贝丝·塞奇威克这样的人来说，也并非不可能。

她叹了口气，抬头看了看角落里那只稳重地走着的古旧大钟，努力地用饱受风湿折磨的双脚站起身来，慢慢地走向电梯。塞利娜夫人朝四周望了望，目光落在一位军人模样的老绅士身上，他正在看《旁观者》杂志。

“真高兴再次见到你。呃，阿林顿将军，对吗？”

但这位绅士非常有礼貌地说自己并非阿林顿将军。塞利娜夫人道了歉，但没有觉得十分难堪。她集近视与乐观于一身，并且既然她最大的乐趣就是与老朋友、熟人相会，那么难免就会犯这样的错误。这里为了让顾客感觉舒适，调暗了光线，在重重阴影之下，人们非常容易认错人。可从来没有人觉得被别人认错是一种冒犯，反而觉得是一种荣幸。

马普尔小姐等电梯的时候，不禁笑出了声。塞利娜就是这样的人！总觉得谁都认识。自己可比不上她。她在社交方面的唯一成就就是结识了那位英俊的、穿着漂亮高筒靴的韦斯特彻斯特的大主教。她亲热地称他为“亲爱的罗比”，而他也同样热情地回应她，并回忆起自己还是个小孩子的时候，在汉普郡教区的教士住宅里快活地大喊着“快变成一条鳄鱼吧，简妮婶婶。变成鳄鱼来吃掉我”。

电梯下来了，穿制服的中年男子打开了门。让马普尔小姐感到惊讶的是，从电梯里出来的乘客是贝丝·塞奇威克，而她明明在几分钟前刚看到这位女士上楼。

随后，一只脚才站稳，贝丝·塞奇威克猛地定住了身。马普尔小姐吃了一惊，也停下了自己向前迈的脚步。贝丝·塞奇威克出神地从马普尔小姐肩膀上望去，她是如此专注，以至于引得这位老妇人也转过了自己的头，望向同一个方向。

看门人刚刚推开入口处的两扇弹簧门，他拉住门，让两位女士进入了休息大厅。其中一位是看起来颇为挑剔的中年妇女，她戴着顶不合时宜的印花紫帽；另一位是个身材高挑、衣着简单得体的女士，她十七八岁的年纪，有着一头亚麻色的长直发。

贝丝·塞奇威克定了定神，有点唐突地转过身，又回到电梯里。就在马普尔小姐跟着她进去时，她转身表示歉意。

“实在抱歉，我差点儿撞到您，”她的声音热情而友好，“我刚想起来我忘了带些东西，这事儿听起来有点可笑，但事实确实如此。”

“三楼到了。”电梯操作工说。马普尔小姐笑了笑，点头示意她已经接受了对方的歉意。她出了电梯，慢慢走回自己的房间。她愉快地思索着各种各样、无足轻重的小问题，这是她的习惯。

比如说，她在想塞奇威克夫人说的不是真话。她刚刚才上楼回到自己的房间，一定是在那时她“记起来忘了点东西”（如果她说的是实话的话），于是就下楼寻找。抑或是她原来就打算下楼去见某人或者寻找某人？但如果是这样的话，那么在电梯门打开的瞬间，她一定看见了某位让她感到震惊和惊讶的人，因此她立刻转身回到电梯里，坐电梯上楼，而避免与某人相遇。

一定是那两位新来的客人。那位中年妇女和那个女孩。她们是母女俩吗？不对，马普尔小姐想道，不是母女俩。

就算在伯特伦，马普尔小姐欢快地想，有趣的事情也可能发生……

第三章

“呃，请问勒斯科姆上校是否……”

那个戴着紫罗兰色帽子的妇女走到柜台前。戈林奇小姐微笑着欢迎她的到来。而一旁处于时刻待命状态的侍者立刻就被派去寻找勒斯科姆上校。但看来他已经没有完成这个差事的必要了，因为此时勒斯科姆上校本人正好走进了休息大厅，快步来到了柜台前。

“你好，卡彭特太太，”他礼貌地与她握手，接着转向那个姑娘。“亲爱的艾尔维拉，”他亲切地握住她的双手，“不错，不错，很不错。好极了——好极了。来，我们坐在这儿吧。”他领着她们来到椅子跟前，三个人都坐下了。“不错，不错，”他重复着，“很不错。”

他极力掩饰着自己的不自然，但徒劳无功。他几乎不能再继续描述现在到底如何不错了。两位女士也并不能在此时帮上什么忙。艾尔维拉甜甜地笑着，卡彭特太太礼貌性地笑了一下，轻抚自己的手套。

“旅途还不错吧？”

“是的，谢谢您的关心。”艾尔维拉答道。

“没遇到大雾什么的吧？”

“噢，没有的。”

“我们的飞机还早到了五分钟。”卡彭特太太说。

“好吧，好吧。不错，很好。”他直了直腰，“这地方没让你们失望吧？”

“嗯，我确信这里一定很舒适。”卡彭特太太四处看了看，热切地说，“非常舒适。”

“恐怕有点过时了，”上校抱歉地说道，“这里都是些守旧的人，没有，呃，舞会这类事情。”

“嗯，我也这么觉得。”艾尔维拉赞同道。

她环顾着四周，面无表情。显然，伯特伦是绝不可能同舞会联系在一起的。

“都是些因循守旧的老家伙们，”勒斯科姆上校又说了一遍，“也许应该将你们安排在一个更时髦的地方。你们也看到了，这里有很多东西已经不符合现在的潮流了。”

“这里很好。”艾尔维拉礼貌地说道。

“也就住那么几晚。”勒斯科姆上校继续说道，“我建议咱们今晚去看场演出，一个音乐剧——”说到这儿，他犹豫了一下，似乎不是很确信是否用对了词，“比如《散开头发吧，姑娘们》。你们觉得这个安排怎么样？”

“多么激动人心啊！”卡彭特太太惊叹道，“那一定非常有趣，对吗，艾尔维拉？”

“不错。”艾尔维拉语气平淡。

“然后咱们就去吃晚餐？就在萨伏依酒店如何？”

卡彭特太太又发出了一声惊呼。勒斯科姆上校偷偷瞟了一眼艾尔维拉，稍打起了精神。他觉得艾尔维拉对自己的安排一定是满意的，只是碍于卡彭特太太就在面前，她除了礼貌地表示赞同外，不便有其他的表示。“我不会因此责怪她的。”他在心里对自己说。

他对卡彭特太太说道：

“也许你们想先看看房间，看看是不是合适。”

“哦，我想它们一定很舒适。”

“嗯，如果你们对房间有任何不满，我都能让他们进行更换。这儿的人都和我很熟。”

前台的戈林奇小姐非常热情地接待了这两位客人，将三楼的二十八号和二十九号房间安排给了她们，这两间共用一间浴室。

“我上楼去放行李。”卡彭特太太说，“艾尔维拉，也许你应该留在这里跟勒斯科姆上校聊聊天。”

真是圆滑，勒斯科姆上校想。虽然可能有点儿太明显了，但是不管怎么说，她离开一会儿也好，尽管他真的不知道要和艾尔维拉聊些什么。眼前这位是非常有礼貌的姑娘，但他对如何跟女孩相处并不是很了解。他的妻子因难产而去世，给他留下了个男孩，然后又被送去他妻子家抚养，而他的房子则交给了自己的姐姐打理。他的儿子已经结婚了，现在定居在肯尼亚。他的孙子孙女们，一个十一岁，一个五岁，一个两岁半，上次孩子们来看他时，他同老大谈论足球和太空，给老二玩电动火车，驮着老三骑大马。与这些孩子们相处非常容易！但是，和年轻的女孩们相处可就太难了！

他问艾尔维拉想喝点什么。他正打算建议她点苦柠檬、姜汁汽水或者橙汁什么的。但艾尔维拉先开口说道：

“多谢您。我想要一杯杜松子加苦艾酒。”

勒斯科姆上校满腹狐疑地看着她，他不禁怀疑她这个年纪的姑娘，她多大来着？十六岁还是十七岁？是否真的能喝杜松子加苦艾酒。但他又说服了自己，艾尔维拉一定知道她自己的举止是否得体，就像她知道准确的格林尼治时间一样。他点了一杯杜松子加苦艾酒，和一杯干雪利酒。

他清了清嗓子，问道：

“你觉得意大利怎么样啊？”

“谢谢您的关心，我在意大利过得很好。”

“你住的那个地方，那个女伯爵——呃，她名字叫什么来着，她对你没有太严厉吧？”

“她的要求很严格，但是没有给我造成什么困扰。”

他看着她，不是很清楚刚刚这番回答是否有点儿其他的隐藏含义。

虽然现在还有点结巴，但已经比之前自然多了，他继续开口说道：

“我是你的监护人和教父，我们本应该很熟悉，但恐怕现实并非如此。你知道的，要让我，让我这样一个老家伙知道一个女孩想要什么，或者说至少她应该有什么，这真的太难了。先是上学，然后是从学校毕业之后继续接受教育，我们那会儿称之为‘精修’[①]。但我想现在更为严肃，会从事某种事业吗？得到某种工作吗？诸如此类的。我们该找个时间好好讨论一下这些事，你有什么特别想做的吗？”

“我想我应该会报一个秘书班。”艾尔维拉的声音听起来毫无热情。

“噢，你想成为一名秘书？”

“并不是很想。”

①富家女孩为学习上流社会行为而在私立学校接受相关教育。

“呃，好吧，那么——”

“只是大家都是从这里开始的。”艾尔维拉解释道。

勒斯科姆上校有了一种奇怪的被看低的感觉。

“我还有一些表亲，梅尔福特一家，你觉得你会愿意和他们同住吗？如果你不愿意的话——”

“噢，没问题。我很喜欢南希，跟米尔德里德也很亲近。”

“那这样可以吗？”

“是的，目前为止的话。”

勒斯科姆上校一时语塞，在他思索接下来要说什么的时候，艾尔维拉开口了，她的措辞简洁明了。

“我会拿到钱吗？”

他再一次在开口回答之前沉默了，若有所思地看着她，然后说道：

“是的。你会有很多钱。也就是说，一旦你二十一岁了，你就会拿到这笔钱。”

“那现在是谁在保管呢？”

他笑了：“现在有人替你保管。每年从收入中扣除一部分费用，用来支付你的生活费和学费。”

“那么您就是受托人了？”

“一共有三位，我是其中的一位。”

“要是我死了，会怎样？”

“好了，好了，艾尔维拉，你才不会死，说什么胡话呢！”

“我也希望如此，但未来的事谁也说不准，不是吗？就在上周，还发生了一起空难，乘客们都死了。”

“好吧，但这事儿也不会发生在你身上啊。”勒斯科姆上校说。

“这您可说不准。”艾尔维拉说，“我只是想知道，要是我死了，谁会拿到我的这笔钱。”

“我也不知道。”上校不耐烦地说，“你为什么要这么问？”

“听起来会很有趣。”艾尔维拉沉思着，“我在想这笔钱是否会让一些人想杀死我。”

“说真的，艾尔维拉！这样的谈话真的毫无必要。我不明白你为何要纠结这种问题。”

“噢，只是一些想法。人总是想知道事情的真相。”

“你不是在想黑手党之类的事情吧？”

“喔，那倒没有。那样也太傻了。那么在我结婚之后，这笔钱会给谁呢？”

“我想应该是你的丈夫。但真的——”

“您确定吗？”

“不，我不是很确定。这要看信托基金上是如何规定的。但你现在还没有结婚，又为什么要担心这件事呢？”

艾尔维拉没有回答。她看起来已经沉浸在自己的思绪里了。最终她从沉思中回过神来，开口问道。

“您见过我的母亲吗？”

“有时会见，但不是经常见面。”

“那她现在在哪儿呢？”

“哦，在国外。”

“哪个国家？”

“法国，或者葡萄牙。我也不是很清楚。”

“那她曾经表示过想见我吗？”

她澄澈的眸子凝视着他。他不知该如何回答。现在是说真话的时候吗？还是应该含糊其辞蒙混过关？又或者是撒一个善意的谎？

当一个女孩问你一个极其简单但答案又何其复杂的问题时，你会如何作答？他不悦地答道：

“我不知道。”

她目光严肃地扫视着他。勒斯科姆完全慌了神，他把这事儿弄得一团糟。这个女孩肯定怀疑了，明显已经在怀疑了。换作其他女孩也会怀疑的。

他说：“你不能这么想，我是说这有点儿难以解释。你的母亲，呃，她非常与众不同——”

艾尔维拉用力点头。

“我知道。我总在报纸上读到她的新闻。她真的很特殊，不是吗？实际上，她是个相当完美的人。”

“没错。”上校表示同意，“完全没错。她是一个非常棒的人。”他停顿了一下，又继续说，“但完美的人经常——”他截住话头，再次开口，“有一个那样完美的人当母亲也不是一件开心的事。这点你可以相信我，这是事实。”

“您并不喜欢说真话，是吗？但我觉得您刚刚说的都属实。”

坐在那儿的两人都盯住了那扇通向外面世界的包着铜皮的大门。

突然，门被大力推开了，在伯特伦旅馆很少有人用这么大的力量推门。一位年轻人大步走进来，径直走向前台。他穿着一件黑色皮夹克，充满活力，相比之下伯特伦旅馆就像是一座博物馆，而旅馆里的人都像是旧时代遗留下来的、被灰尘包裹着的文物。他弯下腰，问戈林奇小姐：

“塞奇威克女士住在这儿吗？”

此时戈林奇小姐的脸上丝毫没有那种“欢迎光临”的微笑，她的目光变得冷漠起来。她说：

“是的。”接着，她满脸不情愿地将手伸向电话，“您想找——”

“不，”年轻男子说道，“我只是想给她留一个口信。”

他从皮衣的口袋里拿出一张纸条，将它沿着桃花心木的柜台推向戈林奇小姐。

“我仅仅是确认一下她是不是住在这里。”

他说这话时四下打量了一番，语气里有一丝怀疑。然后他便转身面向门口，冷漠地扫视着大厅里坐着的人们。而这样冷漠的目光也掠过了勒斯科姆和艾尔维拉。勒斯科姆突然感到一阵莫名的愤怒。“该死。”他想，“艾尔维拉是位漂亮的姑娘。如果我是一个年轻小伙子，我也会格外留心漂亮姑娘，尤其是在这么多老家伙们的陪衬之下。”但似乎这位年轻人并没有对漂亮姑娘表现出什么兴趣。他转回身，面向柜台，似乎是为了引起戈林奇小姐的注意般提高了嗓门，说：

“这儿的电话号码是多少？是一一二九吗？”

“不是。”戈林奇小姐说，“三九二五。”

“属于摄政街吗？”

“不是，是梅费尔区。”

他点点头，然后转身迅速走出了大门，像来时一样用力推开门扬长而去，留下两扇在身后摇摆着的门。

大厅中的每个人似乎都深吸了一口气，并且发现此时都难以接上刚刚被打断的各自的话题。

“好吧。”勒斯科姆上校更加不自然，好像找不到什么词语来组织对话。“好吧，真的是！现在的这些年轻人啊……”

艾尔维拉微笑着。

“您认出他来了，是吗？”她说，“您知道他是谁吗？”她的语气中有一些敬畏。随即，她继续提醒他："拉迪斯拉斯·马利诺斯基。"

"噢，是那个小子。"勒斯科姆听到这个名字后觉得有点儿耳熟，"一位赛车手。"

"没错。他曾连续两年都是世界冠军。一年前出了起严重的事故，摔断了不少骨头。但我敢肯定他现在一定又在继续了。"她抬起头倾听，"他现在开的就是一辆赛车。"

街上那轰鸣的马达声传入了伯特伦旅馆。勒斯科姆上校看出来了，拉迪斯拉斯·马利诺斯基是艾尔维拉的崇拜对象之一。"好吧，总比崇拜那些流行乐歌手、抒情歌手或者留着长发的披头士强，无论他们管自己叫什么。"在看待年轻人的问题上，勒斯科姆很守旧。

大堂的门又打开了，艾尔维拉和勒斯科姆上校都满怀期待地看向那个方向，然而伯特伦旅馆已经恢复了正常，走进来的只是一位白发苍苍的老年教士。他站在那里，带着一丝疑惑的神情，四下望了望，似乎忘记了自己在哪儿或者是怎么到这儿来的。这样的经历对彭尼法瑟教士来说已经习以为常了。他在火车上时，也会这样记不起自己打哪儿来，记不清要去哪里，或者为什么要坐火车！他独自走在路上时，坐在委员会会场时，都曾有过这样茫然的时刻。而就在刚刚，当他坐在教堂里的教士席上时，他又经历了这样的时刻：他不记得自己到底是已经布完道了呢，还是正准备要布道。

"我认识那个老家伙。"勒斯科姆注视着他说，"他是谁来着？我记得他总是住在这儿。阿伯克龙比？领班神父阿伯克龙比？不，尽管他长得很像阿伯克龙比，但不是他。"

艾尔维拉毫无兴趣地打量着彭尼法瑟。同刚刚那位赛车手比起来，他毫无魅力可言。她对任何神职人员都不感兴趣，尽管在意大利时，她对红衣主教心存一些敬意，那也只是因为她觉得那些人至少看起来十分赏心悦目。

彭尼法瑟的脸色变得明朗起来，赞赏地点点头。他认出来了自己所在的位置。没错，他在伯特伦旅馆，这儿正是他今天落脚的地方，他打算要去——呃，他要去哪儿来着？查德敏斯特？不，不，他才从查德敏斯特过来。他打算要去，没错，去卢塞恩开会。他向前迈开脚步，喜气洋洋地来到了接待台前。戈林奇小姐热情地接待了他。

“彭尼法瑟教士，很高兴看到您。您看起来真不错。”

“谢谢，谢谢。我上周得了重感冒，不过现在已经痊愈了。这儿有我的房间吗？我是不是写过信预订？”

戈林奇小姐的话让他安下心来。

“是的，没错，彭尼法瑟教士。我们收到您的信了，并且已经为您预留了十九号房间。您上次来也住在这间。”

“谢谢，谢谢。我，呃，让我想想，我想住四天。实际上我要去卢塞恩一天，但在我不在的那天请为我保留房间。我会把大部分的行李都留在这里，只带一个小包去瑞士。没什么问题吧？”

戈林奇小姐的话再一次打消了他的顾虑。

“一切都没问题。您在来信中已经解释得非常清楚了。”

换做是其他的人，也许不会使用“清楚”这个词。由于他的信写得很长，说是“详细”也许更贴切一点。

所有的焦虑都消散了，彭尼法瑟松了口气，连同他的行李一起被带到了十九号房间。

二十八号房间里，卡彭特夫人摘下了戴在头上的那顶紫罗兰色的帽子，小心翼翼地将睡衣放在她床上的枕头上。她抬头，看到刚进门的艾尔维拉。

“噢，亲爱的，你来啦。需要我帮忙整理行李吗？”

“不用了，多谢。”艾尔维拉礼貌地说，“您知道的，我没什么需要整理的。”

“你要住哪间卧室呢？浴室就在这两间屋子的中间。我嘱咐他们把你的行李拿到稍远一点的那个房间里了，我觉得这间房有点吵。”

“您想得真是太周到了。”艾尔维拉的声音里没有任何感情。

“你确定不需要我帮忙吗？”

“不用了，谢谢。真的不用您来帮忙。我想先洗个澡。”

“嗯，没错，这是个好主意。要不你先洗吧，我还要再整理一下行李。”

艾尔维拉点点头。她走进两间房连接处的那间浴室，关上门，插上插销，然后走进了自己的房间，打开行李箱，将一些东西扔在了床上。接着她脱掉衣服，换上了睡袍之后走进浴室，打开水龙头。之后，她回到自己的房间，坐在靠着电话机的床上。她仔细听了会儿周围的动静，以防有旁人打扰，然后拿起了听筒。

“这里是二十九号房间，麻烦您帮忙接通摄政街一一二九号。”

第四章

苏格兰场里，一场会议正在进行。这是一场非正式会议。六七个人随意地围坐在桌子周围，每人都是各自领域中举足轻重的人物。引起这些司法卫士们注意的是最近几年来越来越重要的一个话题。这涉及一系列的犯罪行动，而这些犯罪的成功实施，则让人感到了强烈的不安。抢劫案的数量在大规模地不断攀升：银行抢劫案、工资单盗窃案、邮寄珠宝失窃案、火车抢劫案。一个月不到，多起骇人听闻的犯罪行为就被策划并且成功实施了。

苏格兰场的警察厅长助理——罗纳德·格雷夫斯爵士此刻正坐在桌子一头主持会议。根据以往的习惯，他在会议上倾听多于发言。一般在这种场合，不会有人做什么正式的汇报，这不过是英国刑事调查局的例行工作。这是一场级别较高的商谈会，每个人都在不同的立场上就问题发表看法，并将其汇总。罗纳德·格雷夫斯先生用眼神缓缓地扫了一圈在座的小组成员们，然后冲坐在另一头的一位男士点了点头。

“那么，老爹。”他说，“让我们听你唠些家常。”

这位被称作“老爹”的人是总警督弗雷德·戴维。很快就要退休的他，看起来比实际年龄还要老上几岁。正是这样的长相，才让别人戏称他为“老爹”。他相貌敦厚，看起来容易相处。而当罪犯们发现他的行事作风并不像他的外貌那样亲切和蔼之后，他们大多都感到不快和惊讶。

“没错，老爹，说说你的观点。”另一位总警督说道。

“是个大团队。”总警督弗雷德·戴维深深地叹了口气，“没错，是个大犯罪团伙，并且可能还在继续扩大规模。”

“当你说这是一个大团队的时候，是指他们人数比较多吗？”

“是的，没错。”

此时，一位名叫康斯托克的，长着尖尖的狐狸脸，眼神警惕的人插嘴道：

“你觉得这对他们来说算是优势吗？”

“可算可不算。”老爹说道，“这可能会带来灾难。但就目前来看，该死的，一切运转良好。”

警司安德鲁斯是一位金发肤白、体型瘦弱、看起来有点迷糊的男士，他沉思着开口道：

“我常想，规模带来的影响比人们想象得要大。拿个体户来做比喻的话，如果经营得当、规模合适，那必然生意兴隆。此后，如果扩张经营范围，将生意做大，增加人员，那么很有可能生意的规模一下就变得过大，然后就开始走下坡路了。大型连锁商店、工业中处于霸主地位的企业都遵循这个规律。如果它的规模扩展得恰到好处，那么就能成功获得收益。反之，将无法掌控。水满则溢，只有当公司规模达到合适的程度，并且经营有道之时，才是它成功之日。”

“你觉得现在这场‘表演’的规模有多大？”罗纳德爵士咳了一声。

“比我们原来预料得要大。”康斯托克说道。

麦克尼尔警督看起来孔武有力，他开口道：

“要我说，它的规模正在变大。老爹说得没错，它一直在成长。”

“也许这是件好事。”戴维说，“可能它会成长得过快，然后就失控了。”

“可是，罗纳德爵士，问题是，”麦克尼尔说，“我们该在什么时候逮捕谁呢？”

“我们要抓的可能有一打人那么多。”康斯托克说，“我们知道哈里斯一伙与此事有关。卢顿市附近的一小块地方、埃普瑟姆的一家汽车修理厂、梅登黑德附近的一个酒吧、北方大道边的一个农场，这些都是他们的。”

“这伙人中有谁值得我们出手逮捕的吗？”

“我觉得没有。都只是些小喽啰，只是链条上的一环。他们就是散落在各处的连接环。他们在某地迅速改装车辆然后交易；在体面的小酒馆里传递消息；在二手服装店里改头换面；哪怕伦敦东区的戏剧服饰供应商也会为他们所用。他们会给这些人报酬。这些人虽然发了一笔财，但事实上什么内幕都不知道！”

看起来神态恍惚的警司安德鲁斯又开口了：

“我们的对手都是些头脑很灵光的人。现在我们还没有接近他们。我们现在掌握的所有资料都只是有关他们的合伙人的。就像我刚刚说的那样，哈里斯一伙参与其中，马科斯涉足了资金链的末端部分。海外联络人会和韦伯联系，但他也只是一位代理商。实际上我们对这伙人一无所知。我们知道他们各人之间、各个分支之间自有一套方式进行联络，只是不知道这个方式是什么。我们观察、跟踪他们，而他们也知道我们的侦查行动。在某处有一个巨大的信息交换中心。我们想抓的是那些策划者。”

康斯托克说：

“这就像一个巨大的网状机构。我也认为一定存在一个行动指挥中心。在这个指挥中心里，每个行动都被精心设计、完善细节，每个步骤都配合得天衣无缝。就在某地，某人计划了这一切，设计出行之有效的蓝图，策划邮包失窃案或者工资单盗窃案。这些人就是我们要抓的人。”

“也许他们甚至都不在这个国家。”老爹轻声地说道。

“没错，我敢说他们不在这里。也许他们在极圈附近的冰屋里，或者在摩洛哥的帐篷里，或者在瑞士山间的牧人小屋中。”

“我不相信这些关于幕后主使的言论。”麦克尼尔摇着头说，“当故事听没有什么问题。当然了，他们中间肯定有个头儿，但我不相信什么犯罪大师。我想说，在这些犯罪背后有一个非常聪明的指挥小团体，由一位主席领导，集中策划每一次行动。他们掌握了某种优质技能，并且一直在更新自己的技术。同时——”

“什么？”罗纳德爵士鼓励他继续说下去。

“就算再小再紧凑的团队，也有可以牺牲的人。我称其为俄罗斯雪橇定律。随着时间的推移，一旦觉得我们嗅到了他们的气息，他们就会抛出那个牺牲品，那个他们觉得可以丢弃的人。”

“他们会冒这个风险吗？这样做不会太冒险了一点吗？”

“我觉得他们有办法让那个人察觉不到自己是被推下了雪橇。他只会觉得自己是掉下去的。他会保持沉默，因为他觉得这样做很值得。当然也确实如此。他们有大量的金钱来谋划，这也让他们在金钱方面能够非常慷慨。那个牺牲品蹲监狱的时候，如果他有家人的话，他的家人就会得到照顾。他们甚至可能为他策划一场越狱。”

“那样的事情很多。”康斯托克说道。

“你懂的，我觉得，”罗纳德爵士说，“一遍又一遍地讨论我们的推测是没有什么用的。我们总是说些一样的东西。”

麦克尼尔笑了。

“那长官，您到底想让我们做什么呢？”

“是这样——”罗纳德爵士思索了片刻，“在对主要问题的看法、今后努力的方向上我们都是一致的。我觉得，如果能注意到一些小细节：那些看起来微不足道、仅仅是有那么点儿异乎寻常的小细节的话，也许更有益处。要说清楚我想表达的意思有点儿难，但就像几年前的卡尔弗案一样。一块墨水斑，你们还记得吗？一块在老鼠洞前的墨水斑。到底有谁会把整瓶墨水倒进一个老鼠洞里呢？看起来这个问题不是很重要，而且也很难解答。但一旦我们无意中发现了答案，这个答案就带领我们继续侦查下去。大概——这就是我在想的事情。想一些奇怪的细节。如果你的脑中闪过什么有点异常的事情，不要犹豫，都说出来。如果你愿意，可以说一说那些虽然微不足道，但就是感觉有那么点格格不入的事情。我看到老爹点头了。”

“你说得太对了。”总警督戴维说道，“来吧，小伙子们，试着说些什么。哪怕仅仅是有人戴了顶可笑的帽子这样的小事。”

没有人立刻回应。在座的每个人看起来都有些犹豫又不确定。

“开始吧，”老爹说，“我先来抛砖引玉。真的，这只是一个好玩的故事，但我不妨说给你们听听。伦敦大都会银行的抢劫案，就是卡莫里大街分行。还记得吗？一长条的清单上满是汽车的牌照号、颜色和品牌。我们请人来指证，但他们是如何指证的！大概有一百五十多条错误的导向信息！最后经过筛选，大概有七辆车在附近地区被目击过，其中每一辆都有可能与抢劫案有关。”

“没错，”罗纳德爵士说，“继续往下说。”

“有那么一两辆我们无法锁定。看起来似乎车牌被换过了。这样做也没有什么不妥，人们经常这样。最后大部分的车都被查到了。我只举一个例子：莫里斯·牛津，黑色轿车，车牌号：CMG265。一位实习警官报告说：法官勒德格罗夫先生是这辆车的驾驶员。”

他看看在座的几位，他们都在听他说话，但并不是非常感兴趣。

“我知道。”他说，“又一个错误。法官勒德格罗夫先生可是一个非常惹人注意的老家伙，长相极丑。然而，车里的并不是法官勒德格罗夫先生，他那时正在法庭上。他确实有一辆莫里斯·牛津的车，但牌照是CMG256。”他看了看大家，“没错，没错。你会说，这件事也没什么大不了的。但你还记得那个实习警官报告的车牌吗？CMG265。非常相似，不是吗？就像是人们想记住一辆车牌号时常会犯的那种错误。”

“不好意思。”罗纳德爵士说，“我不太明白……”

“是的。”总警督戴维说，“这似乎并不能说明什么实质问题，只是，它看起来与实际的车牌太像了，不是吗？265——256CMG。这件事也太巧了，都是莫里斯·牛津的车，都是一样的颜色，车牌号只差一个数字，连车主人都非常相似。”

“你是说……”

“仅仅是一个数字的错误。今天我们要讨论的‘深思熟虑之后的小错误’，似乎就是指这样的事情。”

“对不起，戴维，我没有看出这件事里有什么值得注意的点。”

“噢，我并不是想要强调什么。在银行抢劫案后的两分半钟，一辆莫里斯·牛津的、车牌号为CMG265的车在道路上行驶。实习警察在这辆车上看到了法官勒德格罗夫先生。”

“你是不是想推断说，那就是法官勒德格罗夫先生？说明白点儿，戴维。”

“不，我并不想推测说那的确是法官勒德格罗夫先生，也不想说他同银行抢劫案有染。他那时住在庞德大街的伯特伦旅馆里，而案发时他在法庭上。这一切的真实性都已经被证实了。我是说，那辆车的车牌号、制造商和那位熟悉老勒德格罗夫的实习警察对驾车者的指控，这样的巧合本应该说明些问题。但表面上看起来什么都说明不了。这太糟糕了。”

康斯托克有点不安地挪了挪身子。

“布莱顿珠宝案中也有相似的情况。是一位老海军上将或者其他军衔的人。我现在不记得他的名字了。当时有位女士非常肯定地指认他就在现场。”

“但他不在案发现场吗？”

“是的，他那天晚上在伦敦。我想他是去参加一个海军晚宴或者其他活动的。”

“他就住在俱乐部里面吗？”

“不是，他住在一家旅馆里，老爹，就是那家你刚刚提到的——伯特伦，是叫这个名字吧？安静的地方，我想有好多喜欢过旧式生活的老年人都会去那儿。”

“伯特伦旅馆。”总警司戴维若有所思地说着。

第五章

1

马普尔小姐向来都醒得很早，今天也不例外。她很喜欢自己的床，太舒适了。

她走到窗前，拉开窗帘，伦敦那有些惨白的日光便照进了屋里。然而，她并没有准备关掉电灯。这是一间多么舒适的房间啊，一如伯特伦的其他房间：玫瑰花图案的墙纸；一个漆得发亮、配有梳妆台的红木抽屉柜；两把高背椅；一张离地高度适中的安乐椅。房间中还有一扇通往一间现代化浴室的门，浴室里平铺着玫瑰花的墙纸，这样就避免了那种过于冷淡的清洁感。

马普尔小姐回到床上，把枕头垒在一起，瞥了一眼闹钟：七点半。她拿起了总是带在身边的祈祷小册子，像往常一样读完了今天的一页半份额，然后拿起编织活儿开始忙活起来。因为刚起床，手指受风湿的影响有些僵硬，所以她一开始织得有点慢，但后来就慢慢变快了，手指也不再被痛苦的僵硬所困扰。

“新的一天。”马普尔小姐自言自语，以她一贯的乐观迎接新一天的到来。新的一天——谁知道又会发生些什么呢？

她放下手中的毛线活儿，休息了一下，让思绪如同舒缓的小溪一般流淌过自己的大脑。塞利娜·哈茨……她在圣玛丽米德住过的那间小屋多好看啊，现在居然被加上了一层丑陋的绿色屋顶。松饼……太费黄油了，但很好吃……还有非常棒的旧式香饼！她从来不曾期待过，一切都能如往日一般……因为，毕竟，时间不曾静止……而如果想让时间如此这般静止住，一定要花上不少钱……这地方连一块塑料都没有！她推测，旅馆方面也一定能有所盈利。过时的东西又恰如其分地出现了，成了如画美景……看看，现在的人们是多么喜欢旧时的玫瑰，却鄙视现在那些养在花园里的香水月季！这地方的东西都看起来太不真实了……好吧，为什么一定要是真实的呢？她上次来已经是，五十，不对，将近六十年之前了。而现在她觉得不真实，是因为她已经习惯了当下的生活——没错，这整件事触发了一系列有趣的问题，整个环境和这些人……马普尔小姐把毛线活儿推远了一点。

“像这样的地方，”她大声地说，“这样的地方，我觉得，是非常难找的……”

这能解释她昨晚感到的那种不安吗？那种有什么事情不对劲的不安……

这些老年人真的很像五十年前她在这里遇到的老年人。那时候老人像他们这样是非常自然的，而现在则完全相反。如今的老年人不同于那时——也许是因为疲于应付家庭的琐事，他们总带着一副匆忙而焦虑的神情；也许是因为需要四处奔走参加各种委员会，还要极力表现出精明能干的样子；也许是因为他们染了龙胆蓝的头发；也许是因为他们戴了假发。他们的双手也不是她记忆中纤巧的双手了，他们的手因洗涤剂和清洁剂的摧残而显得粗糙……

所以——所以呢，这些人看起来并不真实。但实际上他们确实是真实存在的。塞利娜·哈茨是真实的，角落里那个帅气的老兵也是真实的——她曾见过他一面，但她想不起他的名字了——而那位主教（亲爱的罗比！）已经去世了。

马尔普小姐瞥了一眼小钟：八点半，是时候吃早饭了。

她查看了一下酒店提供的手册，手册上的字体足够大，不需要眼镜也能看清。

客人可以通过拨打客房服务来订餐，也可以按铃呼叫女服务员。

马尔普小姐选择了第二种方式，同客房服务交流总让她觉得有些不安。

事实证明效果非常不错。按铃后不久，轻微的敲门声响起，一位非常令人满意的女服务员走了进来。这是一位真正意义上的女服务员，看起来是那么不真实：她穿着淡紫色条纹的裙子，戴着头巾——刚刚洗熨平整的头巾。她红扑扑的脸上洋溢着笑容，充满了田园的质朴。他们从哪儿找到这些人的？

马尔普小姐点了早饭：茶、荷包蛋、现烤的面包卷。这位女服务员没有提起早餐麦片或者橙汁，这让她显得非常专业。

早餐在五分钟之后就送到了。一张大小适中的托盘上放了一个圆肚茶壶、奶油般的牛奶，还有一只银制热水壶。吐司上放着两只漂亮的荷包蛋，不是那种放在锡制杯子里的、又小又圆、像子弹般坚硬的东西。一块大小适中的黄油上印着蓟花图案。橘子酱、蜂蜜和草莓酱依次排列。面包卷看起来美味极了，可不是那种薄馅的硬面包，它们闻起来新鲜无比。（简直是世界上最美的味道！）托盘上还有一个苹果、一个梨子和一根香蕉。

马普尔小姐满怀信心又小心翼翼地用刀切开了荷包蛋。果然没有令她失望，黄澄澄的、浓厚的蛋黄溢出来。多么完美的荷包蛋！

所有的东西都是热乎乎的。这才是真正的早餐。她也可以自己做这样的早餐，但她不必如此！这让她感觉自己好像是——不，不是一位女王。而是位住在一家条件不错，却不过分昂贵的旅馆里的中年妇人。事实上，这感觉像回到了一九〇九年。马尔普小姐向女服务员表达了感谢。女服务员微笑着回答说：

“噢，没错，夫人。主厨对早餐的要求非常严格。”

马普尔小姐赞许地看着她。伯特伦旅馆真的可以创造奇迹，这是一位真正的女佣。她偷偷掐了掐自己的左臂。

“你在这儿工作很久了吗？”她问。

“才三年多，夫人。”

“那在这儿工作之前在哪儿工作呢？”

“在伊斯特本的一家酒店工作。那是家非常现代化的酒店，但我更喜欢像这里这样复古的场所。”

马普尔小姐抿了一口茶。她听到自己用含糊不清的声音哼起了一首已被遗忘很久的歌：

“噢，在我这一生里你究竟去哪儿了……”

女服务员看起来有点儿惊讶。

“我只是想起来一首老歌。”马普尔小姐抱歉地喃喃道，“曾经有段时间很流行。”

她又轻轻哼唱起来："噢，在我这一生里你究竟去哪儿了……"

"可能你也听过这首歌？"她问。

"呃——"女服务员看起来非常抱歉。

"对你来说年代太久远了。"马普尔小姐说，"好吧，人总是会想起点儿东西，特别是在这样的地方。"

"没错，夫人。我想很多住在这里的女士都会与您有同样的感觉。"

"我觉得那也是她们愿意来此小住的原因之一。"马普尔小姐说。

女服务员走出了房间，显然她已经很习惯于老夫人们在此喃喃回忆往事了。

马普尔小姐吃完了早餐，满怀愉悦地起身。她打算用一个上午来愉快地购物，但也不能逛太多，容易过于劳累。今天可以逛牛津街，明天逛骑士桥。她开心地做着规划。

大概十点的时候，她全副武装地从房间走出来：帽子、手套、雨伞——虽然天气很好，但是以防万一。还有手包——她最为精致的购物包，这时——

她隔壁房间、靠着走廊的房门猛然打开，有人探出头来向外张望。是贝丝·塞奇威克。她又缩回房间，把门猛地关上了。

马普尔小姐一边下楼一边琢磨着这件事。在早上的时候，她还是喜欢走楼梯，而不愿乘电梯，这样能让她活动活动筋骨。她的步伐越来越慢……最后停住了。

2

勒斯科姆上校从房间里走了出来，正当他沿着走廊大步前进时，楼梯顶部的门突然打开了。塞奇威克女士开口道：

“您终于来了！我一直留心您的行踪，想找机会逮住您。我们能去哪里谈谈吗？我是说，去个清静的地方，没有老猫咪时刻徘徊在身边。”

“好吧，贝丝，真的，我不是很确定。夹层中应该有一间书房。”

“您最好先进来。快点儿，别让女服务员看到我们之后有什么奇怪的想法。”

勒斯科姆上校非常不情愿地迈进了门，门在他的身后紧紧关上。

“贝丝，我根本不知道你会来这里，完全不知道。”

“我想也是。”

“我是说，早知道我就不会带艾尔维拉来这儿。你知道吗？我把她带来了。”

“我知道，昨晚我看见她和你在一起。”

“但我之前真的不知道你在这里。这看起来不像你会来的地方。”

“不知道你为什么要这么说。”贝丝·塞奇威克冷冷地说道，“这儿毫无疑问是伦敦最舒适的酒店。我为什么不能来？”

“你必须明白我完全不知道……我是说——”

她看着他大笑起来。她穿着剪裁合身的深色套装和翠绿色衬衣，正准备出门。她神情愉悦并且充满活力，而她身边的勒斯科姆上校看起来则老态龙钟。

“亲爱的德里克，别这么担心。我不是指责你试图安排一场母女相见的感人场面。这本来就是一件稀松平常的事情，人们总会在意想不到的地方相遇。但是你必须立刻把艾尔维拉从这里带走，今天就走。”

“噢，她就要走了，我只是带她来住几晚，看场演出什么的。她明天就要去梅尔福特家了。”

“可怜的姑娘，她在那儿会很无聊的。”

勒斯科姆上校望着她，满眼关心：“你觉得她会很无聊吗？”

贝丝有点同情他。

“可能跟她在意大利的监禁生活比起来，那里并不算无聊，甚至还会让她觉得非常刺激。”

勒斯科姆终于鼓起了勇气。

“听着，贝丝。在这儿遇见你真的让我很吃惊。但是你难道不觉得——好吧，我是说，某种意义上，这也是一种命中注定。这可能是一个机会，我并不认为你真的，呃，真的知道那孩子是怎么想的。”

“你想说什么？德里克。”

“你总归是她的妈妈。”

“我当然是她的妈妈，她是我的女儿。但这又给我们两个人带来过什么好处吗？或者将来会对我们有什么益处吗？”

“你不能如此肯定。我觉得——我觉得她已经感觉到了。”

“你为什么会这样想？”贝丝·塞奇威克厉声问道。

“她昨天说了一些话。她问你在哪儿，在做些什么。”

贝丝·塞奇威克走到窗前，在那站了一会儿，手指轻轻敲着窗格。

“你真是个好人，德里克。”她说，“你的想法是好的。但都行不通，我可怜的天使。你必须要这样告诉自己：这些想法行不通，而且可能会非常危险。”

“噢，算了吧，贝丝。危险？”

“是的，是的，没错。危险。我很危险。我一直很危险。”

“这让我想起了你做过的一些事。”勒斯科姆上校说。

“那是我自己的事情。”贝丝·塞奇威克说，“置身险境已经成了我的一种生活习惯。不，与其说是成为习惯，还不如说是上瘾了，就像毒品一样。就像吸毒者时不时要来点美妙的海洛因一样，这让生活看起来丰富多彩，并且值得活下去。嗯，这也没什么。那就是我最终的归宿——或者不是——随它吧。我从不碰毒品，从来就不需要它们，危险就是我的毒品。但像我这样生活的人，对别人来说就是危险之源。德里克，不要做一个顽固的老傻瓜。你最好把那个姑娘带到离我远远的地方。我对她全无益处，只有伤害。如果可能的话，最好都不要告诉她我也在这个旅馆里。给梅尔福特家打电话，今天就送她过去。找个借口，就说有突发紧急情况什么的……”

勒斯科姆上校犹豫着，摸了摸胡子。

“我想你错了，贝丝。”他叹了口气，“她是问起过你在哪儿，我告诉她你在国外。”

“嗯，十二小时之后我就在国外了。所以你说得没错。”

她走到他的身边，在他脸颊上吻了一下，灵巧地将他转了过去，像是要玩捉迷藏游戏一样。她打开门，轻轻将他推了出去。门在他身后关上时，勒斯科姆上校注意到一位老妇人上到楼梯拐弯处。她一边往手提袋里看，一边咕哝着：“哎呀，哎呀，我想我肯定是把它落在房间里了，哦，天呐。”

她从勒斯科姆上校身边经过，看起来似乎没有注意到他。但当他走下楼梯时，马普尔小姐在自己的房门前停了停，偷偷地瞟了一眼他的背影。然后她又朝贝丝·塞奇威克的房门看了看。“所以说这就是她在等的人？”马普尔小姐自言自语道，“这倒是奇怪了。”

3

彭尼法瑟教士吃了早餐后打起了精神。把钥匙留在前台后，一个人溜达着穿过了休息大厅。他推开大门走了出去，被那位专门负责为顾客找出租车的爱尔兰门卫利落地安排进了一辆出租车里。

“您去哪儿，先生？”

“唉，”彭尼法瑟教士突然有些沮丧，“让我想想，我本来想去哪里来着？”

就在彭尼法瑟教士和门卫就这个棘手的问题进行讨论时，庞德大街的交通被迫中断了几分钟。

最终彭尼法瑟教士灵光乍现，指示司机将出租车开去大英博物馆。

人行道上只留下了咧着嘴笑的门卫。考虑到一时半会儿不会有人从里面出来，他就沿着旅馆正面的墙溜达了几步，一边低声哼着一首老歌。

伯特伦底层的一扇窗户猛地一下打开——但是门卫并没有回头，直到一个声音突然从那扇窗里传来。

“原来你在这里，迈克[①]，你怎么会来这儿的？”

他吃惊地转过身来，瞪大了眼睛。

塞奇威克女士从开着的窗子中探出头来。

“你不认识我了吗？”她问道。

男子的脸上闪过恍然大悟的表情。

“哇哦，这不是小贝西吗！太不可思议了！这么多年过去了，小贝西。”

“也就只有你叫我贝西。真是个让人讨厌的名字。这些年你都在干什么？”

“随便瞎忙，”迈克含糊其词地说，“我才不像你那样能上新闻。

①全名迈克尔，迈克是他的昵称。

我经常在报纸上读到你的光荣事迹。”

贝丝·塞奇威克笑了起来。“不管怎样，我穿得比你要好点儿，”她说，“你酒喝得太多。你总是这样。”

“你穿得好是因为你总是不缺钱。”

“钱对你可一点好处都没有，你只会喝得更多，堕落得更彻底。没错，你会的！你怎么到这儿来的？这才是我想知道的。你是怎么应聘上这份工作的？”

“我需要一份工作。我有这些——”他用手轻轻地敲着那一排奖章。

“哦，我明白了。”她若有所思地说，“它们也都是真的，是不是？”

“当然是真的，怎么会有假呢？”

“嗯，我相信你。你总是那么有勇气。你一直都是位好战士。没错，军队适合你，我很确定。”

“军人在战争年代还可以，但在和平时期就不吃香了。”

“所以你就干上了这一行？我真不明白……”她停住了。

“你不明白什么，贝西？”

“没什么。这么多年之后再见到你有点儿奇怪。”

“我可从没忘记过，”男士说道，“我从来没有忘记过你，小贝西。啊！你是位多么可爱的姑娘啊！一位可爱又瘦小的小姑娘。”

“一个讨人厌的傻姑娘，那才是我呢。”塞奇威克夫人说。

“现在看来确实如此。你懂得太少，否则就不会跟我交往。你对付那匹马可真有一手。你还记得那匹母马的名字吗——它叫什么来着？莫利·奥弗林。呵，它可真是个邪恶的魔鬼，确实如此。”

“你可是唯一能骑它的人。”塞奇威克夫人说。

“可以的话它早就把我摔下来了！当它发现做不到时，也只能选择放弃。啊，它可真是个美人儿。但是说到骑马，其他女士都没有你擅长。你有可爱的臀部，可爱的双手。你从来都不害怕，一刻都没有！我猜你一直如此，无论是在飞机上，还是在驾驶赛车时。”

贝丝·塞奇威克笑了笑。

“我得继续写我的信了。”

她从窗户缩回身去。

迈克斜靠在栏杆上。“我从来没有忘记巴利高兰，”他意有所指地说，“有时候，我想过要给你写信——”

屋里传来贝丝·塞奇威克刺耳的声音：

“你说这些是什么意思呢，迈克·戈尔曼？”

“我只是想说我没有忘记——没有忘记任何事情。我只是，只是想提醒你。”

贝丝·塞奇威克的声音依然那么刺耳：

“如果你的意思是我想的那样，我将给你一条建议。要是你敢给我惹什么麻烦，我就会像枪毙老鼠那样轻而易举地毙了你。我以前可是杀过人的……”

“可那是在国外？”

“不管是国外还是这儿——对我来说都一样。”

“哦，天哪，我相信你会那么做的！”他的声音里带着钦佩，“在巴利高兰——”

“在巴利高兰，”她打断他的话，“他们已经给了钱让你闭嘴，并且还给了你不少钱。你那个时候已拿了钱。你从我这儿再也不会得到什么了，想都别想。”

“这对周末小报来说会是一个不错的浪漫故事。”

“你听到我说的话了？”

“噢，”他笑了起来，“我并不是认真的，只是在开玩笑。我不会做任何伤害我的小贝西的事。我会管好自己的嘴巴。”

“最好如此。”塞奇威克夫人说。

她关上窗户，低头瞪着面前的书桌，看到了吸墨纸上那封还没写完的信。她拿起来看了看，将它揉成一团扔进废纸篓里。然后，她猛地从椅子上站起来，目不斜视地走出房间。

伯特伦那些较小的书房就算是里面有人的时候也总显得空荡荡的。窗子下面整齐地摆放着两张书桌，右边的一张桌子上放了一些杂志，左边面向壁炉放着两把高背扶手椅。这些地方是那些老年陆军或者海军们下午最喜欢来的地方。他们安安稳稳地坐在那里，美美地进入梦乡，一直睡到下午茶时间。而上午这些椅子就不那么抢手了。

然而罕见的是，这天早晨竟然没有空位子了，一位老妇人占了一把，另一把上面坐着个年轻姑娘。姑娘从椅子上站起身来，迟疑地看着塞奇威克夫人刚刚走出的那扇门，然后慢慢地向它走去。艾尔维拉·布莱克的脸色像死人般苍白。

又过了五分钟，那位老妇人才开始有动静。此刻，马普尔小姐觉得她穿衣下楼之后的小憩已经够长了，该出去走走，享受一下伦敦的迷人风光了。她可以一直步行到皮卡迪利，然后坐9路车到肯辛顿的汉高大街；或者，她可以走到邦德街，再坐25路车到马歇尔和斯内尔格罗夫商店，或者坐相反方向的25路车，她记得那样可以一直到海陆军百货商店。走出旅馆大门时，她仍在脑海里回味着这些令人高兴的事情。那个爱尔兰门卫回到了工作岗位，替她作了决定。

“您会需要一辆出租车的，夫人。”他肯定地说。

“我觉得不需要，”马普尔小姐说，“我想我可以坐25路车，车站离这儿不远，或者乘从帕克街方向开来的2路。”

“您不会想坐公共汽车的，”门卫非常肯定地说，“您年事已高，颠簸的公共汽车对您来说太危险了。他们那种开车方法：启动、停车、再启动。这会让您摔跤的，真的。现如今这些家伙们一点儿良心也没有。我吹吹口哨帮您叫一辆出租车，那样您就可以像女王一样想去哪儿就去哪儿了。”

马普尔考虑了一下之后改变了主意。

“那好吧，”她说，“也许我最好是坐出租车。”

门卫连口哨都不用吹，他只是弹了个响指，一辆出租车就如同变魔术一般出现了。马普尔小姐被极为小心地扶上了车，就在那时，她决定去鲁滨逊克利弗商店，去那儿看看上好并且正宗的亚麻床单。她愉快地坐在车里，感觉正如那个门卫所说，像女王一样。她现在满脑子想的都是那些亚麻床单、亚麻枕套以及合适的玻璃纱布和桌布——这些上面没有香蕉、无花果、调皮小狗之类的图案，或者其他会让你在洗涤时觉得心烦意乱的图案。

4

塞奇威克夫人来到前台。

“汉弗莱斯先生在办公室吗？”

“在的，塞奇威克夫人。”戈林奇小姐看起来有些吃惊。

塞奇威克夫人径直穿过前台，敲了敲门，在门内人回答之前就进去了。

汉弗莱斯先生吃惊地抬起头来。

“什么——”

“是谁雇了那个迈克尔·戈尔曼？”

汉弗莱斯先生有点语无伦次地说：

“帕菲特走了——他一个月前出了车祸。我们必须立刻找个人代替他。这人看起来挺合适。推荐信没有问题，退役军人——在军中表现良好，或许不太聪明，但有时这会是优点，您不会是知道有关他的什么不好的事儿吧？您知道吗？”

“足以不让他待在这儿。”

“如果你坚持，”汉弗莱斯慢吞吞地说，“我们会通知他——”

“不，”塞奇威克夫人缓缓说道，“不用了，已经太迟了，算了吧。”

第六章

1

“艾尔维拉。”

“你好，布里奇特。”

尊敬的艾尔维拉·布莱克小姐推开昂斯洛广场一八〇号的大门走了进去——而她的朋友布里奇特早已透过窗户看到了她，并赶紧冲下楼为她开门。

“我们上楼吧。”艾尔维拉说。

“对，最好这样。要不我们会被妈妈缠上的。”

这两个姑娘急匆匆地走上了楼梯，因此躲过了布里奇特的母亲——当她走出自己的卧室来到楼梯走廊上时已经太迟了。

“你没有妈妈真是幸运，”布里奇特把她的朋友带到自己的卧室里，把门紧紧关上，气喘吁吁地说：“我是说，妈妈的确是个可爱之人，可是看看她问的那些问题！不论是上午、中午还是晚上。她都会问：

你要去哪儿，你都见了谁？是不是别的什么人住在约克郡的同名表亲？诸如此类的无聊之事。”

“我估计她们没别的什么事情可想，”艾尔维拉含糊不清地说，“听着，布里奇特，我要做一件非常重要的事，你得帮帮我。”

“嗯，只要能帮我一定帮。什么事？跟男人有关？”

“不，其实与男人无关。”布里奇特看起来有点失望，“我必须去爱尔兰，可能要花二十四小时或者更长时间。你可得给我打掩护。”

“去爱尔兰？为什么？”

“我现在不能把什么都告诉你。没有足够的时间。我一点半要到普鲁尼尔饭店跟我的监护人勒斯科姆上校见面，和他一起吃午饭。”

“你是怎么应付卡彭特太太的？”

“在德贝纳姆躲过了她。”

布里奇特咯咯地笑了起来。

“午饭后，他们要带我去梅尔福特家。我将和他们住在一起，一直到我二十一岁。”

“真是糟糕透顶！”

“我觉得我能办成。米尔德里德表姐非常好骗。根据安排，我会参加一些课程和活动。有个叫作‘今日世界’的地方。他们带你去听讲座、参观博物馆、美术馆、上议院什么的。关键是没有人会知道你是否在你应该在的地方！我们可以借此安排很多事情。”

“我想我们能办到。”布里奇特咯咯地笑着说，“我们在意大利就成功了，不是吗？老麦考罗尼还以为她非常严格呢。她几乎对我们的所作所为毫无察觉。”

两位姑娘为她们成功的恶作剧开怀大笑起来。

“可是，这件事的确需要许多安排。”艾尔维拉说。

“和一些漂亮的谎言。”布里奇特说，“你收到吉多的信了吗？”

“哦，收到了。他给我写了封署名为吉尼芙拉的长信，这样看起来就像个女性朋友。可我真的希望你不要说这么多，布里奇特。我们有许多事情要办，但只有一个半小时的时间。首先，你听我说完，我约好明天去看牙医。这件事很容易办，我可以打电话把时间推迟——或者你也可以帮我打这个电话。然后，中午的时候，你可以装成你妈妈给梅尔福特家打电话，解释说牙医想让我第二天再去复诊，所以我得在你们家过夜。”

“这事儿她们不会怀疑。她们会说些您真是好心这样没完没了的客套话。可是，要是你第二天没能回来呢？”

“那么，你就得再打些电话。”

布里奇特看起来有些迷惑。

“在那之前我们会有充足的时间来想对策的，”艾尔维拉不耐烦地说，“现在我关心的是钱。我估计你没多少吧？”艾尔维拉没抱多大希望。

“大概只有两英镑。”

“那一点用都没有。我得买张机票。我已经查了航班，只需要花两个小时。问题的关键在于我在那里要待多久。”

“你不能告诉我你打算做什么吗？”

“不，不能。但这件事非常、非常重要。”

艾尔维拉的声音如此不同寻常，布里奇特有点吃惊地看着她。

“你是不是真的遇上什么麻烦了，艾尔维拉？”

“对，不错。”

“这件事是不是跟谁都不能说？”

“对，就是那样的事情。是一件非常、非常机密的事情。我得查明某件事情的真实性。现在让人讨厌的是钱的问题。但令人痛苦的是，我的监护人告诉过我，我实际上非常有钱。可他们给我的只是一点点的买衣服的津贴。这些钱一到我手里立刻就被我花完了。”

“你那个叫什么上校的监护人不能借给你一点钱吗？”

“那根本行不通。他会问许多问题，想知道我要这些钱干什么。”

“哎呀，我猜他也会问。我真想不通为什么每个人都问这么多的问题。你知道吗？一有人给我打电话，妈妈就得问那是谁，就算这事儿与她毫不相干！”

艾尔维拉同意她的看法，但她的思绪却朝着另一个方面展开了。

“你曾经典当过什么东西吗，布里奇特？”

“从来没有。我觉得我不会知道怎么典当。”

“肯定非常容易，”艾尔维拉说，“你们经常光顾那个门上有三个球的珠宝商，对吗？”

“我想我没有任何值钱的东西可拿去典当。”布里奇特说。

“你妈妈没在什么地方放些珠宝吗？”

“我想我们最好别向她求助。”

“对，这样应该不行——但是我们也许可以偷偷拿点什么。”

“哦，恐怕不能那样做。”布里奇特满脸震惊地说。

“不能？嗯，你说的也许对。但是我敢打赌她不会注意到的。我们能在她发现之前把珠宝放回原处。我知道了，我们去找博拉德先生。”

“谁是博拉德先生？”

“哦，他是个家庭珠宝商。我经常把手表送到他那儿修。我六岁的时候他就认识我了。快，布里奇特，我们马上就去。我们的时间刚好够用。”

“我们最好从后门出去，”布里奇特说，“那样妈妈就不会问我们去哪儿了。”

在邦德街这家历史悠久的博拉德与惠特利珠宝店外面，两位姑娘进行着她们最后的彩排。

“你确定你都清楚了吗，布里奇特？”

“我想是的。”布里奇特的声音听起来一点都不高兴。

“首先，”艾尔维拉说，“我们对对手表时间。”

这熟悉的带有文学色彩的短语有着振奋人心的效果，布里奇特脸色稍微明快了一些。她们严肃地对了手表，布里奇特将她的表调了一分钟。

“行动时间是整二十五分钟之后。”艾尔维拉说。

“这样我的时间就很充裕了。也许我不需要那么久，但还是保险一点儿好。”

“可是，要是——”布里奇特欲言又止。

“要是什么？”艾尔维拉问道。

“嗯，我是说，要是我真的让车给撞了呢？”

“肯定不会撞上的，”艾尔维拉说，“要知道，你的动作那么敏捷，而且伦敦的车辆都习惯于急刹车。不会有事的。”

看起来布里奇特并没有相信她。

“你不会让我失望的，对吗，布里奇特？”

“好吧，”布里奇特说，“我不会让你失望的。”

“好。”艾尔维拉说。

布里奇特走到邦德街的另一边，艾尔维拉则推开博拉德和惠特利先生——历史悠久的珠宝商和手表师——的店门。店里的气氛安静而祥和，让人感觉不错。一个穿着长礼服的贵族模样的人走上前问艾尔维拉是否需要帮助。

“我能见见博拉德先生吗？”

“博拉德先生？请问您怎么称呼？”

“艾尔维拉·布莱克。”

贵族模样的人走开了，艾尔维拉移步走到一面柜台前。在厚厚的玻璃板下面，胸针、戒指和手镯在颜色恰当又稍有些不同的天鹅绒的衬托下展现着它们镶有宝石的部分。

没过多久，博拉德先生出现了，这位六十多岁的老人是这家公司的高级合伙人。他热情友好地跟艾尔维拉打招呼。

“啊，布莱克小姐，你到伦敦来啦。见到你真是让人高兴。我能帮你做点什么？”

艾尔维拉拿出一块小巧精致的夜用型手表。

“这块表走得不准，”艾尔维拉说，“您能给修修吗？”

“哦，当然可以，没有问题。”博拉德先生从她手中接过去，“修好之后把它送到什么地方？”

艾尔维拉给了他地址。

“还有另外一件事，”她说，“我的监护人勒斯科姆上校，您认识他的——”

“是的，是的，当然。”

“他问我想要什么样的圣诞礼物，”艾尔维拉说，“他建议我到这儿来看些不同的东西。他还问我希不希望他跟着一起来，我说我想自己先过来，因为我总觉得那样很让人难堪，不是吗？我指的是价格什么的。”

“嗯，那当然是一个方面，”博拉德先生带着长辈般和蔼的微笑说，“你有什么想法，布莱克小姐？喜欢胸针，手镯，还是戒指？”

“我觉得胸针更有用些，”艾尔维拉说，“但我也不确定——我能不能多看些东西？”她恳切地抬头看着他。他同情地笑笑。

“当然可以，当然可以。太快做出决定的话就没什么乐趣了，对吗？”

接下来的五分钟她过得非常愉快。博拉德先生任何时候都充满耐心，他从一个又一个的盒子里取出东西，胸针和手镯在艾尔维拉面前的一块天鹅绒上堆成了一堆。她时不时地转身照照镜子，试试一只胸针或一件垂饰的效果。最后，带着一些犹豫，她将一只漂亮的小手镯、一块小宝石手表和两只胸针放在一边。

“我们把这些记下来，”博拉德先生说，“这样，以后勒斯科姆上校来伦敦时，也许就可以来看看他自己想给你买什么。”

“这样真是太好了，”艾尔维拉说，“那他就会觉得是他自己给我选的礼物，不是吗？”她抬起头，清澈的蓝眼睛全神贯注地看着珠宝商的脸。此时刚好到预定的二十五分钟后开始行动的时刻。

外面传来凄厉的刹车声和一个女孩子的尖叫声。不可避免地，店里每个人的目光都投向了面朝邦德街的商店橱窗。艾尔维拉把柜台上的手放到她那整洁的、专门定做的外套和裙子的口袋里，她的动作迅速而不引人注意，以至于尽管每个人都在看着，但却几乎觉察不到。

“啧啧，”博拉德先生说，他把注意力从外面大街上收回来，“差一点点就出意外了。傻姑娘！那样横穿马路！”

艾尔维拉一切就绪，准备向大门走去。她看看手表，发出一声惊叹。

“哎呀，我在这儿待得太久了，这样会赶不上回乡下的火车的。太感谢您了，博拉德先生，您不会忘记这四样东西是什么的，对吧？”

一分钟之后，她已经到了门外，迅速地连着向左拐了两个弯，在一家鞋店的拱廊里停下来，直到布里奇特气喘吁吁地前来与她会合。

“噢，”布里奇特说，“吓死我了！我还以为我会被撞死呢。我的长袜也给划了一个窟窿。”

“没关系。”艾尔维拉边说边和她的朋友迅速地沿着街道往前走去，又向右拐了一个弯，“快点儿！”

“现在——刚才——都顺利吗？”

艾尔维拉悄悄伸手到衣袋里掏出那个镶着钻石和蓝宝石的手镯。

“噢，艾尔维拉，你太大胆了！”

“现在，布里奇特，你得去我们之前记下的那家当铺，看看这个手镯能当多少钱。你开价一百。”

“你觉得……假如他们说……我是说……我是说它也许已上了被盗物品的清单了……”

“别傻了！怎么能这么快就上清单呢？他们还没发现它丢了呢。”

“可是，艾尔维拉，等他们发现之后，他们会认为——也许他们知道——一定是你拿走的。”

“如果他们发现得快的话，很容易这么想。”

“那么，他们就会报警，而且——”

她没有继续说下去，因为艾尔维拉慢慢地摇了摇头，淡黄色的头发也随着来回摆动，嘴角露出一丝神秘的微笑。

“他们不会报警的，布里奇特，如果他们觉得是我拿的就肯定不会报警的。”

“为什么……你是说——”

“我跟你说过，等我长到二十一岁的时候就会有很多钱。那时，我便会从他们那里买许多珠宝。现在，他们不会闹出这种丑闻的。快去把手镯当了，把钱拿到手。然后到林格斯航空公司去订票——

我得坐出租车去普鲁尼尔饭店了。我已经晚了十分钟。明天上午十点半见。”

“噢，艾尔维拉，我真希望你别去冒这样可怕的风险。”布里奇特呜咽着说。

但是，艾尔维拉的出租车已经来到了面前。

2

马普尔小姐在鲁滨逊克利弗商店度过了非常愉快的购物时光。她不仅买了虽然昂贵但十分漂亮的床单——她喜欢亚麻床单的质地和素净的颜色，还买了一些质地上乘、有着红色镶边的玻璃纱布。现在要买到漂亮的玻璃纱布实在太难了！反之，你只能买到还不如装饰桌布的东西，上面印着各种图案：小萝卜、龙虾、埃菲尔铁塔或特拉法加广场，要不然就零乱地印着柠檬和橘子。马普尔小姐给商家留下了她在圣玛丽米德的住址之后，就搭乘了一辆顺路的公共汽车来到了海陆军百货商店。

多年以前，马普尔小姐的姨妈曾是海陆军百货商店的常客。当然，与昔日相比，这里已有了一些变化。马普尔小姐的思绪回到了以前：海伦姨妈在百货部惬意地坐在椅子里，头上戴着软帽，身上穿着她一向称之为“黑府绸”的披风，寻觅她中意的人。接下来便是悠闲漫长的一小时，海伦姨妈会想出一切可以购买并储藏起来以备将来使用的杂货。买齐了圣诞节用品后，有时甚至连遥远的复活节用品也想到了。年轻的简·马普尔变得有点儿烦躁不安的时候，海伦姨妈就打发她去玻璃器皿部逛逛解闷儿。

买完东西后，海伦姨妈则开始详细地向她选中的售货员询问他的母亲、妻子、二儿子和残废的嫂子。就这样度过了一个愉快的上午后，海伦姨妈会以那个时代流行的戏谑口吻对马普尔说："我的小姑娘，想吃午餐吗？"于是，她们乘电梯来到五楼吃午餐，午餐总是以一颗草莓冰淇淋结束。然后，她们会买上半磅奶油夹心巧克力，乘车去看午后的演出。

当然，自那以来，海陆军百货商店已经过多次改建翻新，事实上，如今已看不出以前的样子了。它看上去更加富丽堂皇。尽管马普尔小姐乐于回忆过去的美好，但也并不反对享受现在的快乐。这里还有一家餐馆，她准备在这里吃午餐。

在她低头仔细看着菜谱，准备点菜之前，她环视了一下房间，眉毛稍稍挑起。实在是太巧了！那位女士也在同一家餐馆里，就是那位昨天见面之前只在报纸上的各类照片中见过的女士——照片中这位女士出现在赛马会上，在百慕大群岛上，或者站在她的私人飞机或者汽车旁。马普尔小姐昨天才第一次见到了这位女士本人。而现在，事情往往是如此出乎意料，她又在这个最意想不到的地方遇到了这位女士。不知为什么，她无法将海陆军百货商店和贝丝·塞奇威克女士联系起来。若是她出现在SOHO区，或是身穿晚礼服、头戴镶钻的皇冠状头饰走出考文特花园的歌剧院，马普尔小姐是不会感到吃惊的。可是不知为什么，她似乎不该出现在海陆军百货商店。在马普尔小姐看来，光顾这里的总是军人、他们的妻子、女儿、姨妈和祖母们。不管怎样，贝丝·塞奇威克就坐在那里，看上去跟往常一样漂亮，身穿黑色套装和祖母绿的衬衫，正和一个男人一起吃午餐。这个男人十分年轻，脸庞瘦削，鹰钩鼻，穿着一件黑色皮夹克。他们往前倾着身子，热切地交谈着，嘴里塞满了食物，但似乎并不关心都吃了些什么。

也许他们是在幽会？是的，很可能是幽会。这位男士一定比她年轻十五岁到二十岁——不过，贝丝·塞奇威克可是一个魅力十足的女人。

马普尔小姐打量这个年轻人后得出结论，他正是她所谓的那种"英俊小生"。同时，她也发现自己对他并没有太多好感。"就像哈里·拉塞尔，"马普尔小姐自言自语道，像往常一样从回忆中找出一位类似的人，"从来都没什么好下场，任何与他有关系的女人也都没有什么好下场。"

"她不会采纳我的意见的，"马普尔小姐想，"但是，我也可以劝劝她。"然而，别人的风流韵事与她无关，而且，根据以往的纪录，贝丝·塞奇威克在这方面是用不着别人操心的。

马普尔小姐叹了口气，吃着午餐，琢磨着去文具部逛逛。

好奇心，或者用她自己更喜欢的一种说法——"对别人的事情感兴趣"，毫无疑问是马普尔小姐的一大性格特点。

马普尔小姐故意将手套留在桌子上后站起身，走向付款台。她选了一条接近贝丝·塞奇威克的桌子的路线。付了账，她"发现"忘了手套，便回去取——不幸的是，在半路上又将手提包掉在了地板上。手提包开了，各种各样的物品散落了一地。一个女侍者匆忙跑过来帮她捡拾，马普尔小姐又表现出颤颤巍巍的样子，结果刚捡起的零钱和钥匙又掉在了地上。

她的这些小伎俩并未取得多大成效，但也不是完全白费功夫——有趣的是，让她非常感兴趣的两个人对这个总是掉这掉那、手忙脚乱的老妇人竟无暇瞥上一眼。

等电梯下来的时候，马普尔小姐把她听到的那一小段断断续续的对话又回忆了一遍：

“天气预报是怎么说的？”

“很好。没雾。”

“卢塞恩的事都安排好了吗？”

“安排好了。飞机九点四十起飞。”

这是她第一次听到的内容。折返的时候，她听到的谈话又长了一点。

贝丝·塞奇威克说话的时候非常生气。

“你昨天怎么想到跑到伯特伦来了？你不该接近那个地方。”

“没事的。我只是问问你是不是在那儿，反正大家都知道我们是很要好的朋友——”

“那不是重点。我出现在伯特伦没有问题，而你就不一样了。你在那儿显得非常突兀，每个人都盯着你看。”

“让他们看吧！”

“你真是个白痴。为什么——为什么？你这样做有什么理由吗？你是有一个理由——我知道你……”

“冷静点，贝丝。”

“你这个骗子！”

这是她听到的全部对话。她觉得非常有趣。

第七章

十一月十九日晚上，彭尼法瑟教士早早地在“雅典娜神庙”俱乐部吃了晚餐，跟一两个朋友打了招呼，还就确定死海文献年代的一些关键问题进行了一场轻松而激烈的讨论。现在，他瞥了一眼手表，是时候去赶到卢塞恩的飞机了。当他穿过大厅时，又有一个朋友——伦敦大学亚非学院的惠特克博士向他表示问候。他愉快地说：

“您好，彭尼法瑟。很长时间没见您了。会开得如何？有没有提出什么有趣的观点？”

“我相信会有的。”

“您是刚开完会回来吗？”

“不，不，我正准备去呢。我要乘今晚的飞机。”

“哦，原来如此。”惠特克看上去有点迷惑不解，“我怎么觉得是今天开会呢。”

“不，不，是明天，十九号。”

彭尼法瑟教士穿过大门走了出去，此时他的朋友在后面看着他的背影说：

“可是我的老伙计，今天就是十九号啊，不是吗？”

可是，彭尼法瑟教士已经走远，并没有听到他的话。他在铁圈球场叫了辆出租车，赶到肯辛顿机场。今天晚上的人还真不少。在柜台前排了好长时间才终于轮到了他。他费力地拿出机票、护照以及这次旅行必需的其他证件。柜台后的小姐正要往这些证件上盖章时突然停住了。

“很抱歉，先生，这机票好像不对。”

“票不对？不，不，票没问题啊，飞往卢塞恩的第一百……呃，没戴眼镜我看不大清楚……一百多少次航班？”

“是日期不对，先生。这上面的日期是星期三，十八号。”

“不，不，肯定没问题。至少……我的意思是……今天是十八号星期三。”

“很抱歉，先生。今天是十九号。”

“十九号！”彭尼法瑟沮丧地摸出一本小日志，急切地翻着。最后他不得不相信了：今天是十九号。他要乘的飞机昨天就离开了。

“那意味着……意味着……天哪，那就意味着卢塞恩会议今天就已经开过了。”

他无比沮丧地盯着柜台后面，但还有许多其他旅客，于是彭尼法瑟连同他的困惑一起被挤到了一边。他悲哀地站着，手里拿着那张作废的机票，推测着种种可能性。也许他的票被人换过了？但现在想这些都无济于事，完全没有意义。现在是什么时间？快到晚上九点了吧？会议今天上午十点整开始，现在肯定已经开过了。显然这就是惠特克在“雅典娜神庙”俱乐部说的话的意思。他以为彭尼法瑟教士已经去开过会了。

“哦，天哪。”彭尼法瑟教士自言自语道，“看我这一团乱！”他忧伤且沉默地在克伦威尔街上踱步——这个令人神伤的地方。

他沿着街道慢慢地走着，手里拎着包，脑海里回想着那些令人困惑的事情。最终他为白天所犯的错误找出各种令自己满意的原因时，他伤心地摇了摇头。

“现在，我觉得，”他自言自语，“我觉得——我看看，已九点多了，没错，我想我最好吃点什么。”

奇怪，他想，他竟然不觉得饿。

他在克伦威尔街上漫无目的、满心悲凉地走着，最后停在了一家卖印度咖喱食品的小餐馆里。他觉得尽管现在不是很饿，但最好还是吃一顿饭来提神，吃完饭后他还得找一家旅馆——哦，不，没有必要那么做，有一家旅馆！没错。他这几天正住在伯特伦旅馆里，他订了四天的房间。多幸运啊！多么了不起的运气！他的房间就在那儿等着他。他只要在服务台拿到他的钥匙……这时他又想起一件事：他口袋里沉甸甸的是什么？

他把手伸到口袋里拿出一把硕大而笨重的钥匙。旅馆把房间钥匙做成这样，以防那些粗心的客人把它们放在口袋里带走，但竟没能阻止他这样做！

“十九号，”彭尼法瑟非常高兴自己想起来这件事，“没错。真幸运我没有去找旅馆。据说现在住旅馆的人特别多。是的，今晚在‘雅典娜神庙’的时候埃德蒙兹就是这么说的。他好不容易才找到了一个房间。”

一想到自己事先就订好了一家旅馆，他对自己及对自己细致周到的行程安排感到满意。于是彭尼法瑟放弃了他的咖喱食品，付完钱后大步回到了克伦威尔街上。

就这样回去有点儿乏味，原本此时他应该正在卢塞恩用晚餐，讨论各种各样有趣且迷人的问题。他的视线被一家电影院吸引住了。

《耶利哥之墙》[①]

片名看上去极为合适。看看它是不是完全忠实于《圣经》里的故事倒是件很有意思的事情。

他买了张票，磕磕绊绊地走进黑暗之中。尽管他觉得这部片子不论从哪方面看都跟《圣经》故事没什么关系，但他还是喜欢这部电影。电影好像连约书亚都给省掉了。耶利哥之墙似乎只是一种象征，指的是一位女士的结婚誓言。当这些墙几次倒塌之后，漂亮的女主角遇上了她一直暗恋的性情冷漠但举止粗鲁的男主角。讨论之后，他们俩打算修建起更加坚固、能够经得起时间考验的墙。这部影片并非特意要吸引一位年长的教士，但彭尼法瑟教士非常喜欢。他不经常看这种影片，他觉得它增进了自己对生活的了解。影片结束，灯光亮起，国歌声响了起来，彭尼法瑟又磕磕绊绊地走进伦敦明亮的夜色之中，他开始从晚间早些时候那些不愉快的事情造成的悲痛中恢复过来。

夜色很好，于是他向伯特伦旅馆走去。他先是乘公共汽车，但坐反了方向。当他走进旅馆大门的时候已经是半夜了。午夜的伯特伦旅馆总是呈现出一种住客都已就寝的静谧端庄。电梯停在较高的楼层，于是彭尼法瑟选择走楼梯上楼。他来到自己的房间门口，把钥匙插进门锁中，打开房门，然后走进了房间……

---

①耶利哥之墙（Walls of Jericho）出自《圣经·旧约》，传说此墙坚不可摧，犹太人围城墙吹号角后将其攻破，进入迦南。此处影片为英国剧作家阿尔弗雷德·苏特罗（Alfred Sutro）创作的同名四幕剧。

苍天啊，他都看到了些什么？但是，谁……怎么……可他看到那只举起的胳膊时已经太晚了……

点点金星像烟火一样在他的脑中炸开了……

第八章

1

爱尔兰邮车在黑夜中飞驰。或者更准确地说，是在凌晨的黑暗中飞驰。

时不时地，火车的柴油机发出一种奇怪的、预示着死亡的警鸣。它正在以远超每小时八十英里的速度行驶。非常准时。

紧接着，火车突然刹车，速度慢了下来。车轮摩擦着钢轨发出尖叫。车速越来越慢……越来越慢……火车完全停下来之后，警卫把头伸出窗户，看到了前面的红色信号。一些乘客醒了过来，但大多数没有。

一位老妇人被这突如其来的刹车惊醒，她打开门，往外面的过道上张望，不远处，一扇朝向铁轨的门敞开着。一个上了年纪、教士模样、顶着头厚厚的乱蓬蓬的白发的人正从铁轨上爬进来。她想他刚刚是爬下火车去铁轨上了解情况了。清晨的空气非常寒冷，过道的尽头有人说："就是一个信号灯。"因此，这位老妇人回到她的车厢，想再睡上一觉。

在铁道上更远一点的地方，有人挥舞着灯笼从一个信号箱朝着火车跑过来。锅炉工从机车上爬下来。警卫已从火车上下来，也过来同他一起。拿着灯笼的人气喘吁吁地跑过来，喘着粗气说：

"前面严重撞车……货车脱轨了……"

火车司机从驾驶室向外望了望，然后也爬下来加入到他们中间。

在火车的后部，六个人爬上铁路路基，从最后一节车厢上一扇开着的门进入了车厢。六个乘客从不同的车厢前来与他们会合。他们以排练过的、相当娴熟的速度开始接管这节邮件车厢，将它与火车的其他部分分开。两个头戴黑色蒙面头套的人手持短棒，分别把守着车厢的前后门。

一个穿着铁路制服的人沿着静止的火车过道，传达命令一样地向乘客进行解释：

"前方道路受阻。可能会晚十分钟到达，不会晚太多……"这句话听起来友好且令人宽慰。

在机车旁，火车司机和锅炉工被牢牢地捆住，还被塞住了嘴。提着灯笼的人叫道：

"这里一切正常。"

警卫躺在路基边上，一样被堵住嘴，绑了起来。

邮车里老练的窃贼们已经完成了工作。另外两个被捆绑得更加结实的躯体躺在地板上。那些特殊邮包被递往车外的路基上，那儿还有另一些人在等着接这些邮包。

各节车厢中，乘客们相互抱怨说铁路再不像以前那样了。

然后，当他们安定下来准备再次入睡时，从黑暗中传来一阵排气时发出的轰鸣声。

“天呀！”一位女士嘟囔着，“那是喷气式飞机吗？”

“我觉得是赛车。”

轰鸣声逐渐远去了……

2

在九英里之外的贝德汉普顿高速公路上，一长串夜行的卡车正在蜿蜒向北驶去。一辆大型白色赛车闪电般地从它们旁边一掠而过。

十分钟后，它离开了高速公路。

二级公路拐角处的汽车修理厂上挂着“暂停营业”的牌子，但两扇大门却是开着的，这辆白色汽车径直开了进去，大门在它身后再次关上。三个人以闪电般的速度工作着。一套新的车牌被挂到车上。司机换了大衣和帽子：他开始穿的是白色羊皮大衣，现在他穿上了黑色皮衣。他又把车开了出去。他离开三分钟之后，一个教士开着辆破旧的莫里斯·牛津车晃悠悠地上了公路，它在蜿蜒曲折的乡间小路上弯来绕去地行驶着。

一辆客货两用轿车行驶在乡村小道上，当它遇见一辆停在树丛边，旁边还站着一位老人的旧牛津车时，它减慢了速度。

这辆客货两用车的司机从车窗里探出头来。

“遇上麻烦了吗？我能帮什么忙吗？”

“您真是太好心了。我的车灯坏了。”

两个司机走近彼此，听了听周围的情况。“危险解除。”

许多昂贵的美式箱子从牛津车转移到了客货两用车上。

往前开了大概一两英里之后，客货两用车拐上一条崎岖小路——

但很快证明这其实是通向一幢华丽别墅的后路。在一间曾经是马厩的棚子里停着一辆大的白色奔驰。两用车的司机用钥匙打开这辆车的后备厢，把那些箱子转移到里面，然后又开着他的那辆客货两用车走了。

不远处的一家农场里，一只公鸡吵闹地打起了鸣。

第九章

1

艾尔维拉·布莱克抬头看了看天空，意识到这是一个晴朗的早晨，随后走进了一个电话亭。她拨了住在昂斯洛广场的布里奇特的电话。听到应答声她很高兴，说：

“喂，布里奇特吗？”

“嗯，你是艾尔维拉吗？”布里奇特的声音听起来有些不安。

“是我。一切都正常吗？”

“哦，不。事情很糟。你的表姐梅尔福特太太昨天下午给我妈妈打了电话。”

“什么？为了我的事情吗？”

“是的。我午饭给她打电话的时候还以为自己干得非常漂亮呢。但她对你的牙好像非常担心，以为它们可能真的有什么问题，比如脓肿什么的。然后她亲自给牙医打了电话，于是就发现你根本没去过那里。之后她就给妈妈打了电话，而不幸的是那时妈妈正好就在电话旁边，因此我不能先接电话。当然了，妈妈说她对你的事情一无所知，你也确实不在我家。我当时真不知该怎么办才好。”

“你是怎么处理的？”

“假装什么都不知道。不过我说，我记得你曾说过要去温布尔顿看望朋友之类的。”

“为什么是温布尔顿呢？”

“这是我第一个想到的地方。”

艾尔维拉叹了口气：“嗯，我想我不得不捏造些理由了。也许可以说我是去见一位老家庭教师，她家正好住在温布尔顿。这些小题大做真是把事情给弄得非常复杂。我希望米尔德里德表姐别犯傻，做出给警察局打电话之类的举动。”

“你现在要去那儿吗？”

“今天晚上再去。我还有许多事情要办。”

“你已经到爱尔兰了吧，事情都还顺利吗？”

“我查明了我想知道的事情。”

“你听起来……有点不开心。”

“我的确感觉比较糟糕。”

“我能帮你吗，艾尔维拉？任何我能帮上的忙都行。”

“没有人能真正帮我……这是我必须亲自处理的事情。我以前希望那不是真的，但它的确是真的。我不知道该怎么处理这件事。”

“你有危险吗，艾尔维拉？”

“别太大惊小怪，布里奇特。我会小心谨慎一点儿，仅此而已。我得非常小心。”

“这么说你真的是处于危险之中了。”

艾尔维拉停了一会儿说："我希望这只是我臆想出来的。"

"艾尔维拉，你打算怎么处置那只手镯？"

"哦，那不是什么问题。我已设法从别人那里弄了些钱来，所以我可以去……怎么说来着……赎回它，然后把它给博拉德送回去。"

"你认为他们会对这件事无动于衷吗？——不，妈妈，是洗衣店来的电话。他们说我们从来没有送过那条床单。好的，妈妈，好的，我会告诉老板娘的。就这样吧。"

在电话另一端的艾尔维拉笑了笑，放下听筒。她打开钱包，把钱整理一遍，拿出她需要的硬币，把它们在面前摆好，然后开始拨一个电话。电话接通后，她投入所需的硬币，按下A键，然后以一种恰如其分的喘息声说：

"您好，米尔德里德表姐。对，是我……非常抱歉……是的，我知道……嗯，我是打算去……是的，是亲爱的老马迪，您知道她是我们的老家庭教师……是的，我写了一张明信片，但忘了寄出去，现在它还在我的衣袋里呢……嗯，要知道她生病了却没人照看，所以我就在她那儿停留了一下以确认她平安。是的，我是打算去布里奇特家，但这件事打乱了我的计划……我不明白您从哪儿得来的消息，肯定有人弄混了……好的，回去之后我把这一切都向你解释……对，今天下午。不行，我得等着护士来照看老马迪——嗯，也不是真正的护士，一个——呃——临床护理的护工或什么的。不，她讨厌上医院……我很抱歉，米尔德里德表姐，我真的非常非常抱歉。"她放下话筒，恼怒地叹了口气。"要是，"她喃喃自语，"不用对每个人都说这么多的谎该有多好。"

她走出电话间，面前巨大的报纸公告吸引了她的注意：特大火车抢劫案——爱尔兰邮车遭暴徒袭击。

2

店门打开的时候，博拉德先生正在接待一位顾客。他抬起头，看到尊贵的艾尔维拉·布莱克小姐走了进来。

“不用麻烦，”她对走过来的店员说，“我想等博拉德先生有空的时候再找他。”

很快，博拉德先生面前的顾客忙完了他的事情，于是艾尔维拉挪到空出来的地方。

“早上好，博拉德先生。”她说。

“很抱歉你的手表还没有这么快修好，艾尔维拉小姐。”博拉德先生说道。

“哦，我不是为手表而来的，”艾尔维拉说，“我是来向您道歉的。发生了一件糟糕透顶的事情。”她打开手提包，拿出一个小盒子，又打开小盒子，取出那个嵌着蓝宝石和钻石的手镯。“您肯定记得，当我拿手表来修的时候，我正在看这些东西，想买一件作为圣诞礼物。而那时外面的马路上出了事，我想是有人被车撞了，或者说差点儿被车撞了。我想，那时我肯定是手里拿着这个手镯，然后想都没想就把它放到自己的衣服口袋里了，可我今天早上才发现它。所以我立即赶来把它还回来。我感到非常抱歉，博拉德先生，我不知道自己怎么会做出这么一件蠢事。”

“哎呀，没什么事的，艾尔维拉小姐。”博拉德先生慢慢地说。

“我想您肯定以为是有人偷了它。”艾尔维拉说。

她清澈的蓝眼睛看着他。

“我们已经发现它失踪了，”博拉德先生说，“非常感谢您，艾尔维拉小姐，这么快就把它送回来了。”

“我发现它的时候感觉真是糟透了，”艾尔维拉说，“非常感谢您，博拉德先生，能通情达理地处理这件事情。”

“确实容易发生一些奇怪的误会，”博拉德先生说，露出长辈般慈祥的笑容，“我们不会再想着这件事。但是不要再这样做了。”他笑笑，像开了一个愉快的小玩笑。

“哦，不会的，”艾尔维拉说，“以后我会非常小心的。”

她冲他笑了笑，然后转过身离开了商店。

“现在我倒是奇怪了，”博拉德先生自言自语道，“我真的是奇怪……”

起初一直站在他附近的一位同事向他靠近了一些。

“这么说她的确拿走了它？”他说。

“对。她确实拿走了。”博拉德先生说。

“但她又把它送回来了。”他的同事指出。

“她把它送回来了，”博拉德先生赞同道，“实际上我并没有想到这点。”

“您是说您并没指望她能送回来？”

“对，如果是她拿走的话。”

“您觉得她的话可信吗？”他的同事好奇地问，“我的意思是，她无意中把它放进了口袋？”

“我觉得也许是可能的。”博拉德说，看上去仍在沉思。

“或许，这可能是盗窃癖。”

“或许这可能是盗窃癖，”博拉德赞同道，“她更像是有意地拿了它……但如果是这样的话，她为什么这么快就把它送回来了呢？这可真奇怪……”

“幸好我们没有报警。我承认我当时有打算这么做。”

“我知道，我知道。你的经验没有我丰富。在这种情况下，最好别这么干。”他又轻声地自言自语，“这件事可真有趣。非常有趣，不知道她多大了？我估计十七八岁吧。她可能遇上了什么麻烦。”

“我记得您说过她拥有大笔的财富。”

“就算你是个继承人，拥有大笔的钱财。”博拉德说，“在十七岁的时候，你也碰不到这些钱。有趣的是，你知道吗，他们这些继承人远比那些囊中羞涩的人更缺现金。这种做法不一定明智，不过，我们大概永远也无法得知真相了。”

他把手镯放回展示柜中的老地方，然后合上盖子。

第十章

埃格顿、福布斯和威尔巴勒公司的办公室位于布鲁姆斯伯里，这里是还没发生明显变化的，雄伟壮观、高贵威严的众多广场之一。公司的铜牌刚巧锈蚀得难以辨清上面的字迹。这家公司已经存在了一百多年，英格兰的土地贵族中有相当比例的人是他们的客户。如今，公司里再也没有福布斯家族和威尔巴勒家族，取而代之的是阿特金斯父子、一个威尔士人，劳埃德、还有一个苏格兰人，麦卡利斯特。不过，还是有一个叫埃格顿的人，是最初的埃格顿的后裔。这个埃格顿现在五十二岁，担任几个家族的法律顾问，这些家族曾经的顾问是他的祖父、叔父和他的父亲。

此时，在二楼的办公室里，他正坐在一张大红木办公桌后，言辞恳切、语气坚决地与一个满脸沮丧的客户交谈。理查德·埃格顿是个英俊的男人，身材高大、头发乌黑，但两鬓灰白，一双灰色的眼睛看起来很是精明强干。他的建议总是很中肯，从不拐弯抹角。

“坦白地说，您的借口并不怎么样，弗雷迪，”他说，“因为您写了那些信。”

“您不认为……” 弗雷迪沮丧地嘟哝着说。

“不，” 埃格顿说，“唯一的希望是庭外和解。如果进行审判的话，您甚至可能会受到刑事指控。”

“哦，您想想看啊，理查德，这未免有点太过分了吧？”

埃格顿的桌上响起一阵轻微的嗡嗡声，他皱着眉头拿起话筒。

“我想我说过，我不想被人打扰。”

电话另一端的人轻轻说了点什么，埃格顿说：“哦。好的，好的，我知道了。请她稍等。”

他放下话筒，再次转向他那满脸忧伤的客户。

“要知道，弗雷迪，” 他说，“我了解法律，而您不了解。您现在正身处麻烦之中。我会尽最大努力让您摆脱麻烦，但需要您花些钱。我想少于一万两千块钱的话他们可能不会罢休。”

“一万两千块！” 可怜的弗雷迪满脸惊恐，“哦，天哪！我没那么多，理查德。”

“嗯，那您得想办法筹集。办法总是有的。如果一万两千元能让她愿意和解，那你还是很幸运的；如果想打这场官司，你花的钱会多得多。”

“你们这些律师！” 弗雷迪说，“鲨鱼！你们都是鲨鱼！”

他站起身。“好吧，” 他说，“尽你他妈的最大努力帮我吧，理查德老家伙。”

他难过地摇着头走开了。理查德 · 埃格顿把弗雷迪和他的事从脑海里抛开，思索着他的下一个客户。他轻声自语道：“尊敬的艾尔维拉 · 布莱克小姐。不知道她长什么样……” 他拿起话筒，“弗雷迪先生已经走了，请领布莱克小姐进来。”

等待的时候，他在案头记事簿上进行简单的计算。已经过去多少年了？她肯定已经十五岁了吧？或者十七岁？也许更大。时间过得真快。“科尼斯顿的女儿，”他想，“也是贝丝的女儿。不知道她长得像两人中的哪一个？”

门开了，秘书告知艾尔维拉·布莱克小姐到了，这位姑娘走进了房间。埃格顿从椅子上站起身迎了过去。从外表来看，他琢磨着，她跟父母谁都不像。身材高挑，皮肤白皙，头发是淡黄色的，肤色同贝丝一样，但却没有贝丝的活力，浑身散发着一股陈旧的气息。可这也不好说，鉴于此时她穿着满是荷叶边的小女孩衣服。

“哎呀，”他一边与她握手一边说，“真是让人惊喜。我上次见到你的时候，你才十一岁。来，这边坐。”他拉过一把椅子让她坐下来。

“我想，”艾尔维拉有点迟疑地开口道，“我应该先写信，与您约个时间什么的。可这个决定是我临时起意，我正巧在伦敦，所以我觉得这是一个拜访您的机会。”

“你在伦敦干什么？”

“来看牙医。”

“牙齿真是令人讨厌的东西，”埃格顿说，“从摇篮到坟墓一直给我们带来困扰。但我还是要感激牙齿，因为这使我有机会见你一面。让我想想，你一直在意大利，是吗，在那种很多女孩子都会去的学校完成你的教育？”

“对，”艾尔维拉说，“在马蒂内利伯爵夫人那里。可是我已经永远地离开那儿了。直到我决定想做的事情之前，我都住在肯特的梅尔福特家。”

“嗯，我希望你能找到令人满意的事情做。你没考虑上大学之类的？”

“没有，”艾尔维拉说，“我觉得我不够聪明。”她停了停，接着说，“要是我的确想做什么事情的话，都要先经过您的同意吗？”

埃格顿的眼神一下子变得尖锐而集中。

“我是你的监护人之一，也是你父亲遗嘱的一个受托人，因此，”他说，“没错，你绝对有理由在任何时候来找我。”

“谢谢您。”艾尔维拉礼貌地说。

埃格顿问道：“有什么事令你困扰吗？”

“没有。其实没什么。可是您看，我什么都不知道。从来没有人跟我说过任何事情。我又不好意思老是发问。”

他关心地看着她。

“你指的是关于你自己的事情？”

“对，”艾尔维拉说，“您能理解真是太好了。德里克叔叔……”她犹豫了。

“你指的是德里克·勒斯科姆？”

“对。我一直叫他叔叔。”

“我明白了。”

“他人很好，”艾尔维拉说，“可他不是那种把一切都和盘托出的人。他只是把事情都安排好，还担心我可能会不喜欢。当然，他听取很多人的意见——我是说，女人的意见——她们告诉他许多事情，比如马蒂内利夫人。他安排我去普通学校，或者礼仪学校。”

“那些不是你想去的地方？”

“不是，我不是那个意思。学校都很让人满意。我是说，旁人也或多或少会去这样的地方。”

“我明白了。”

“可是，我对自己却一无所知。我是说，我有什么样的资产，有多少钱，如果我想处理的话我能怎么处理。”

“实际上，”埃格顿满脸笑容地说，“你想谈论公事。是这样的吗？嗯，我想你说得很对。让我想想，你多大了？十六还是十七？”

“我快二十了。”

“哦，天哪。我一点都不知道。”

“您知道吗，”艾尔维拉解释说，“我总觉得自己受着严密的保护。在某种意义上这很不错，但也会让人非常痛苦。”

“这种做法已经过时了，”埃格顿同意道，“但我很清楚，德里克·勒斯科姆还是很赞同这样做的。”

“他是个可爱的人，”艾尔维拉说，“但不知怎么，很难与他严肃地交谈。”

“是的，我能理解。嗯，你对自己了解多少，艾尔维拉？对你的家庭？”

“我知道父亲在我五岁的时候去世了，母亲在我两岁左右的时候离开他跟别人跑了，我一点都记不得她。我只勉强记得我父亲。他年纪很大，一条腿架在椅子上。他总是在咒骂，我很怕他。在他去世后我跟他的姑妈或表姐什么的生活在一起，直到她去世。然后我就跟德里克叔叔和他姐姐住一块儿，后来德里克叔叔的姐姐也去世了。在德里克叔叔的安排下，我去了意大利。现在我和他的表亲梅尔福特一家住一起，他们人很好很善良，有两个年龄跟我差不多的女儿。”

“你在那里过得开心吗？”

“我还说不好。我刚去那儿不久。他们都非常呆板。我真的想知道我有多少钱。”

“这么说你真正想了解的是财务情况？”

"对，"艾尔维拉说，"我有些钱。数目很多吗？"

此时埃格顿严肃起来。

"对，"他说，"你有一大笔钱。你父亲是个非常富有的人。而你是他唯一的后代。他去世后，头衔和不动产都归了一个堂弟。他不喜欢这个堂弟，所以他把所有的、数目相当可观的个人财产留给了他的女儿——你，艾尔维拉。你是个非常富有的女人，或者说将会是，等你长到二十一岁的时候。"

"你的意思是我现在不富有？"

"不，"埃格顿说，"你现在就很有钱。但直到你长到二十一岁或者结婚，这些钱才能由你支配。在那之前，它们由你的受托人掌握：勒斯科姆，我，以及另外一个人。"他朝她笑笑，"我们可没侵吞这笔钱。钱还在那儿。实际上，通过投资，我们已经将你的资产大大地增加了。"

"我会拿到多少？"

"一到二十一岁或者一结婚，你就会继承一笔据粗略估计可能高达六七十万英镑的遗产。"

"那可真不少。"艾尔维拉说，印象非常深刻。

"不错，是很多。很有可能就是因为数目过于巨大，所以人们都不怎么跟你谈起。"

在她思考这个问题的时候，埃格顿观察着她。他想，这真是一位非常有意思的姑娘。看起来是个清纯得令人难以置信的大家闺秀，但实际上却不是，远远不是。他略带着讽刺的笑容说：

"你觉得满意吗？"

她突然咧嘴笑了笑。

"我应该觉得满意，不是吗？"

"比赢得足球彩票要强得多。"他提醒道。

她点点头，但心思却飘向了别处。然后她突然蹦出一个问题：

“如果我死了，谁将得到它？”

“就目前的情况看，那将归你的至亲所有。”

“我是说……我现在还不能立遗嘱，对吗？要到二十一岁才可以。别人是这么告诉我的。”

“他们说得很对。”

“那可真是让人心烦。如果我结了婚，又死了，我想会是我丈夫得到这笔钱？”

“对。”

“要是我没结婚，我母亲将作为我的至亲得到它。我真的好像没什么亲戚——我甚至不认识我母亲。她长什么样？”

“她是个非常了不起的女人，”埃格顿简明扼要地说，“没有人会质疑这点。”

“难道她不想见我吗？”

“她可能已经见过你了……我觉得她很可能已经见过你了。但是因为她将自己的生活弄得——在某些方面一团糟，她可能认为让你在远离她的地方长大成人对你更好些。”

“您是真的知道她是这样想的吗？”

“不。我对此一无所知。”

艾尔维拉站起来。

“谢谢您，”她说，“您真好，跟我说了这些事。”

“我想，也许以前就应该告诉你更多的情况。”埃格顿说。

“被蒙在鼓里真让人觉得羞愧，”艾尔维拉说，“德里克叔叔认为我还是个孩子。”

“嗯，他已经不是年轻人了，他和我都上了年纪。你要知道，我们都是站在我们这个年龄的角度来看待问题的。”

艾尔维拉站在那儿看了他一会儿。机灵地说道：

“可您并没真的把我当作一个孩子看待，对吗？”接着又说，“我想你对女孩子的了解要比德里克叔叔多得多。他只和他姐姐一起生活过。”然后，她伸出手来，非常可爱地说，“非常感谢您。希望我没打断您重要的工作。”然后走了出去。

埃格顿站在那儿看着她出去后又关上了的房门。他噘起嘴，吹了会儿口哨，摇摇头，然后重新坐下来，拿起钢笔，若有所思地敲着办公桌。他把一些文件拉到跟前，接着又猛力推回去，拿起电话。

“科德尔小姐，帮我接通勒斯科姆上校，好吗？先试试他的俱乐部。然后再试施罗普希尔的地址。”

他放下话筒，再一次把那些文件拉回面前开始阅读，但他的注意力却不在他要干的事情上面。很快，电话就响了。

“已经接通勒斯科姆上校了，埃格顿先生。”

“很好。把他接进来。你好，德里克。我是理查德·埃格顿。你怎么样？刚才有一个你认识的人前来拜访——你的受监护人。”

“艾尔维拉？”德里克·勒斯科姆非常惊讶地说。

“对。”

“可是为什么……到底……她去你那儿是为了什么？她没遇上什么麻烦吧？”

“没有，我想她没有什么麻烦。相反，她看上去相当——嗯，高兴。她想知道她的经济情况。”

“你没告诉她吧？”勒斯科姆上校警觉地说。

“为什么不告诉她呢？这有什么可保密的？”

“嗯，我总有种感觉，让一个姑娘知道她将继承这么大的一笔钱有点不明智。”

“我们不说，别人也会告诉她的。你要知道，她应该对此有所准备。金钱就意味着责任。”

“对，可她还只是个孩子。”

“你能肯定吗？”

“你是什么意思？她当然是个孩子。”

“我可不会这样形容她。她男朋友是谁？”

“你说什么？”

“我是说她男朋友是谁？她有个男朋友，不是吗？”

“肯定没有。没这样的事。你到底是怎么想到这些事情的？”

“她其实没说过这些话。但你要知道，我有些经验。我想你会发现她是有一个男朋友的。”

“嗯，我可以向你保证，你错得离谱。我的意思是，她从小就受到了非常周到的照顾，她去过非常严格的学校，还在意大利一个入学条件极为严格的礼仪学校上过学。要是有任何这一类的事情发生，我都应该会知道。我想她遇到过一两个风趣的年轻小伙子，但肯定没有你说的那种事情。”

“嗯，我的分析是她有一个男友——而且很可能不是什么善类。”

“可是为什么，理查德，为什么？你哪知道年轻女孩都是什么样的？”

“我知道很多，”埃格顿冷淡地说，“去年我有三个客户，其中两个把自己的监护权折腾到了法院手里，第三个设法威胁父母让他们同意了一桩几乎肯定是灾难性的婚姻。现在的女孩再不像以前那样接受照顾了。目前的环境使得照顾她们变得非常困难——”

“但我可以向你保证艾尔维拉一直受到非常小心周到的照顾。”

“这些年轻姑娘的聪明机智是你想都想不到的！你注意着点她，德里克，调查一下她都干了些什么坏事。”

“少废话。她只是个单纯可爱的小姑娘。”

“那些你不了解的、单纯可爱的小姑娘干的事都可以灌一张唱片了！她母亲私奔造成的丑闻——记得吗？那时她还没现在的艾尔维拉大。而老科尼斯顿，他是英格兰最臭名昭著的浪荡子之一。”

“你让我不安，理查德。你让我感到非常不安。”

“你还应该提高警惕。我不怎么喜欢的是她另外的问题。她为什么如此急切地想知道如果她死了，谁将继承她的钱财？”

“你这样说真是奇怪，因为她也问过我同样的问题。”

“是吗？她为什么会这么年轻就想到死亡？顺便说一下，她还问起了她妈妈。”

勒斯科姆上校的声音听上去有些担心，他说：“我希望贝丝能和这姑娘接触接触。”

“你跟她谈过这个问题吗——我是指跟贝丝？”

“嗯，是的……是的，谈过。我偶然碰到了她。实际上，我们住在同一家旅馆里。我鼓动贝丝安排时间见见这姑娘。”

“她怎么说的？”埃格顿好奇地问。

“直截了当地回绝了。她还说，她是个危险人物，不宜让这姑娘知道。”

“从某种角度看，我也觉得她是这样的人。”埃格顿说，“她与那个赛车手有点关系，对吗？”

“我听过传闻。”

“是的，我也听说了，但不知道是不是真的。很可能是。她可能是因为这事才有那样的感觉。贝丝的朋友总是些胆大妄为之徒！可她又是什么样的女人呢，德里克？是了不起的女人啊。”

“她一直都是她自己最危险的敌人。”德里克·勒斯科姆声音粗哑地说道。

“非常精确、传统的评价，”埃格顿说，“好吧，很抱歉打扰你了，德里克，注意点暗地里的不良分子。别说没人警告过你。”

他放下话筒，又一次把桌上的文件拉到自己跟前。这次他终于能够把全部注意力集中到他正在做的事情上了。

第十一章

麦克雷太太——彭尼法瑟教士的管家——在他回家的那天晚上为他订了份多弗鲽鱼。订一份多弗鲽鱼有诸多益处：等到彭尼法瑟教士平安到家之后，便可以将它放在烤架上或者煎锅里热一热；如果有必要，还可以保存到第二天。彭尼法瑟教士喜欢多弗鲽鱼，而且，如果她接到电话或电报说教士先生那天晚上会待在别的地方的话，她自己也会很享受这一顿多弗鲽鱼美餐的。所以一切都已准备就绪，迎接教士先生的归来：先吃薄煎饼，之后再上多弗鲽鱼。多弗鲽鱼放在厨房里的桌上，做薄煎饼的面糊已在碗里和好了。铜灶具发着光，银灶具闪亮亮，处处都一尘不染。只是少了一样东西：教士先生本人。

按计划，教士先生应该坐六点半到达的火车从伦敦返回。

七点整他还没回来，肯定是火车晚点了。七点半他还是没有回来。麦克雷太太苦恼地叹了口气，她觉得一定又发生了类似的事情。时间到了八点，还是不见教士先生踪影。麦克雷太太发出一声长长的、恼怒的叹息。很快，没错，她会接到一个电话，但也很有可能甚至连电话都没有。他可能给她写信了。他肯定写了，但他很可能忘了把信寄出来。

“唉，唉！”麦克雷太太叹道。

九点整，她用面糊给自己做了三块薄煎饼，把鲽鱼小心地放进冷藏柜里。“不知道现在这老先生去了哪里？”她自言自语道。根据以往的经验，她知道他可能在任何地方。他也许会及时发现自己的错误，在她上床睡觉之前给她发电报或打电话。“我会等到十一点，不能更晚了。”麦克雷太太说。她的就寝时间是十点半，延长到十一点她认为是她的职责，可是如果十一点还没任何动静，没有教士先生的任何消息，那么麦克雷太太就会按时关上大门去睡觉。

她并不是非常担心。这样的事情以前发生过，除了等待消息之外无计可施。各种可能性数不胜数：彭尼法瑟教士可能上错了火车，到了兰德，或约翰奥格罗茨才发现；要么，他可能仍待在伦敦，因为他把时间搞错了，确信自己应该明天才动身；在那个他赶去参加的外国会议上，他可能遇上了一个或几个朋友，被挽留在那儿，也许要度完这个周末；他可能打算告诉她，却完全忘了这样做。所以，就像刚才说的，她并不担心。后天他的老朋友，西蒙斯副主教会来待一阵子。这样的事情教士先生一定是记住了的，所以毫无疑问，明天他自己或者他发的电报就会到来。他最迟后天回来，不然也会送来一封信。

然而，第二天早上，还是没有他的消息。第一次，麦克雷太太开始有些不安。上午九点到下午一点之间，她疑惑地看着电话机。麦克雷太太对电话有一定的偏见。她用过它，也认识到它的方便性，但她不喜欢电话。她会用它购置一些家庭用品，但她更喜欢亲自前去选购，因为她坚持认为，如果你不亲眼看着交给你的东西，店老板肯定会想办法欺骗你。不过，电话对于处理一些家庭内部事务还是非常有用的。她有时候也给她附近的朋友或亲戚打打电话，但次数屈指可数。打任何距离的长途电话，或者往伦敦打电话，都会使她深感不安。那简直就是可耻的浪费行为。然而，现在她不得不面对这样的问题。

最后，当又一天破晓，还是没有他的消息时，她决定行动了。她知道教士先生住在伦敦的什么地方——伯特伦旅馆。一家不错的旧式旅馆。也许，要是她打电话询问一下，问题就迎刃而解了。那不是家普通的旅馆，他们很可能知道教士先生在什么地方。她会要求接通戈林奇小姐。戈林奇小姐办事总是高效而周到。当然，教士先生也可能会在十二点半之前回来。要是这样的话，他现在随时都会出现在这里。

但时间一分一秒地过去，还是不见教士的踪影。麦克雷太太深吸了口气，鼓起勇气，拨通了伦敦的长途电话。她等待着，咬着嘴唇，把话筒紧紧地贴在耳朵上。

“伯特伦旅馆，为您效劳。”一个声音说道。

“我想，如果您乐意的话，我想同戈林奇小姐通话。”麦克雷太太说。

“请稍等。我该怎么称呼您？”

“我是彭尼法瑟教士的管家，麦克雷太太。”

“请稍等片刻。”

很快，戈林奇小姐那平静而高效的声音传了过来。

“我是戈林奇。您是彭尼法瑟教士的管家？”

“是的，我是麦克雷太太。”

“嗯，对，当然没错。我能为您做什么，麦克雷太太？”

“彭尼法瑟教士还住在你们旅馆里吗？”

“我很高兴您打电话过来，”戈林奇小姐说，“我们非常着急，不知道该怎么办才好。”

“您是说彭尼法瑟教士出事了？他遇上了意外？”

“不，不，不是那样的。我们原以为他会星期五或星期六从卢塞恩返回。”

“嗯——没错。”

“但他没有回来。嗯，当然这也没什么可惊讶的。他续订了房间，就是说，一直订到了昨天。但他昨天没有回来，也没发来任何消息，而他的东西，大部分行李仍留在这儿。我们真不知道该怎么处理才好。当然了，”戈林奇小姐急促地继续说，“我们知道教士先生，嗯，有时候有点健忘。”

“您说得没错！”

“这让我们有些为难。我们的房间订得很满。事实上，他的房间被另外一位客人订走了。”她接着说，“您不知道他在什么地方吗？”

麦克雷太太带着怨恨说：

“这人可能在任何地方！”她又重新镇定下来，“那，谢谢您，戈林奇小姐。”

“要是有什么我能做的话……”戈林奇小姐很热心地说道。

“我想我很快会得到他的消息的。”麦克雷太太说。她再次感谢了戈林奇小姐之后挂断了电话。

她坐在电话机旁，满脸焦虑。她并不是为教士先生的个人安危而担忧。她非常肯定的是，要是他遇上事故的话，她现在就已经接到通知了。总的说来，教士先生并不是大家常说的那种“容易出事故的人”。他在麦克雷太太心里属于那种“精神有点失常的人”，而那些精神有点失常的人似乎总受到特殊神灵的庇佑。尽管平时一点儿也不留心，做事总是不假思索，他们还是能够化险为夷，甚至能从闪烁着信号灯的马路上死里逃生。不，她不认为此时彭尼法瑟教士正躺在医院里呻吟。他肯定在某个地方天真而幸福地和朋友闲聊。也许他仍在国外。难题在于西蒙斯副主教今天晚上就要到了，而西蒙斯副主教会希望迎接他的是房子的主人。她又不知道他到哪儿了，所以也不能不让西蒙斯副主教来，真是太难办了。但像大多数困难一样，它也有好的一面。它的好处就是西蒙斯副主教。西蒙斯副主教会知道该怎么做的。她可以把这件事交给他处理。

西蒙斯副主教与她的雇主正好形成了鲜明的对比。他是一位自信的人：知道他要去哪儿，正在做什么，总是很确切地知道该做些什么并且能去实施。高大健壮的西蒙斯副主教到来之后，迎接他的是麦克雷太太的解释、道歉和念叨。同样地，他也没有觉得情况很紧急。

“用不着担心，麦克雷太太，”他坐下来，一边享用着她为他的到来而准备的食物，一边和蔼地说，“我们会找到这个心不在焉的家伙的。听说过关于切斯顿的故事吗？ G.K.切斯顿，是一位作家。一次他去做巡回报告的时候给妻子打电话说：‘我现在在克鲁火车站。我应该去哪儿？’”

他大笑起来。麦克雷太太也敷衍地笑笑。她并不觉得这很好笑，因为彭尼法瑟教士也会做出这种事情。

“啊，”西蒙斯副主教语气里全是赞赏，“您做的牛排真是棒极了！您是个了不起的厨师，麦克雷太太。我希望我的老朋友对您心存感激。”

吃过牛排，他又吃了些黑梅酱城堡布丁，麦克雷太太记得这是副主教最喜欢的甜点之一。之后，这好心的人就急切地投身于寻找他失踪朋友的行动之中。他精神十足地忙着打电话，对电话费毫不顾忌，这让麦克雷太太不安地噘起了嘴，但她并非真的反对，因为找出她主人的行踪是当务之急。

副主教首先例行公事般地试着给教士的姐姐打了电话，她极少留意弟弟的行踪，像往常一样，她对他在哪儿或可能在哪儿一无所知。之后他扩大了撒网范围。他再次给伯特伦旅馆打电话，尽可能详细地询问了具体情况：教士肯定是在十九号傍晚离开的；他带着英国欧洲航空公司的小手提包，其余的行李则留在他续订保留的房间里；他说起过他要去卢塞恩开个什么会；门卫很确定教士先生出现在旅馆的门口等出租车，他并没有从旅馆直接去机场，在他上了出租车后，门卫按照教士先生的吩咐让出租车开到了“雅典娜神庙”俱乐部。那是伯特伦旅馆的人最后一次看到彭尼法瑟教士。哦，对了，还有一个小细节——他忘了把钥匙留下来，而是带在身边了。这样的事情已经不是第一次发生了。

打下一个电话之前，西蒙斯副主教停下来，思考了一会儿。他可以给伦敦的机场打电话，那无疑会花些时间。应该有更方便快捷的办法。他拨了韦斯加顿博士的电话，韦斯加顿博士是个博学的希伯来语学者，他肯定参加了那个会议。

韦斯加顿博士正好在家。一听出来电话那头是谁，他就没完没了地啰唆起来，几乎都是对在卢塞恩会议上宣读的两篇论文的贬抑性评论。

“很站不住脚，那个叫作霍加洛夫的家伙，”他说，“很站不住脚。我不知道他是怎么混上来的！这家伙根本不是个做学问的。您知道他是怎么说的吗？”

副主教叹口气，不得不采取强硬政策。否则，晚上剩下的时间很可能就会用于聆听韦斯加顿博士对卢塞恩会议上学者的批评了。有点勉强地，韦斯加顿博士被迫注意到了有关彭尼法瑟的问题。

“彭尼法瑟？”他说，“彭尼法瑟？他应该去的。不知道他为什么不在。据说他会去的。一星期之前我在‘雅典娜神庙’见到他时，他就是这样告诉我的。”

“你是说，他根本就没参加会议？”

“我就是这个意思。他应该去的。”

“你知道他为什么没在那儿吗？他有什么解释吗？”

“我怎么会知道？他肯定说过要去。对了，我想起来了，他确实是应该去的，有几个人还提到了他的缺席，以为他可能得了伤寒什么的。这个天气非常容易让人生病。”他正打算回到他对参会学者的批评，可是西蒙斯副主教把电话挂断了。

他了解到了一个事实，但这个事实头一次在他内心激起了不安。彭尼法瑟教士没去参加卢塞恩的会议，而他本来是打算去参加的。在副主教看来，他没去可真是非同寻常。当然，他可能乘错了飞机，但一般来说，英国欧洲航空公司总是非常关心乘客，让你不大可能犯这样的错误。彭尼法瑟教士是不是可能忘了会议的确切时间？这倒是有可能，他想。但要是这样的话，他又去了哪儿呢？

接着他给机场打了个电话。这一过程包括许多耐心的等待和从一个部门到另一个部门之间的转接。最终，他得知了一个确凿的事实：彭尼法瑟教士给自己订了张十八号晚上九点四十飞往卢塞恩的机票，却没上飞机。

“我们有进展了，”西蒙斯副主教对在附近踱步的麦克雷太太说，“现在，让我想想。下一个该找谁试试呢？”

“这样打电话可得花不少钱。”麦克雷太太说。

“我想是的。我想是的。”西蒙斯副主教说，“但我们得找到他的行踪，他可不是什么年轻人了。”

“哦，先生，您不会真的认为他可能出什么意外了吧？”

“嗯，我希望没有……我不这样认为，因为如果是这样的话，您肯定已经收到消息了。他……嗯……总是随身带着姓名和地址的，是吗？”

“哦，是的，先生，他带着名片。他的钱包里还有信件，以及各种类似的东西。”

“嗯，所以我认为他不会是在医院里，”副主教说，“让我想想。离开旅馆之后，他坐出租车去了‘雅典娜神庙’。我接下来给他们打个电话。”

他从那得到了一些确切的情况。彭尼法瑟教士在那里颇有名气，他十九号晚上七点半曾在那儿吃过饭。此时副主教才注意到之前一直被他忽略了的东西。飞机票是十八号的，而教士坐出租车离开伯特伦旅馆去“雅典娜神庙”，说要去卢塞恩参加会议却是在十九号。有眉目了。“愚蠢的老东西，”西蒙斯副主教心想，但他很谨慎地没有在麦克雷太太面前大声说出来，“他把日期搞错了。会议是十九号召开的。我能确定的是：他肯定以为他是十八号动身的。弄错了一天。”

他仔细地分析着之后发生的事情：教士先生去了“雅典娜神庙”，吃了饭，之后去了肯辛顿机场。在那里，肯定有人向他指出他的机票是前一天的，然后他就会察觉到，他要去参加的会议那时已经结束了。

“据此分析，”西蒙斯副主教说，“事情的经过就是这样的。”他把这些向麦克雷太太一一做了解释，麦克雷太太说这很有可能。

“然后他会怎么办呢？”

“回旅馆。”麦克雷太太说。

“他不会直接回到这儿来吧？我是说直接到火车站。”

“如果他的行李还在旅馆就不会。不管怎样，他要是去火车站的话，可以给旅馆打电话让他们把行李送去。”

“非常正确，”西蒙斯说，“好了，我们这样想吧。他带着小包离开机场，然后返回旅馆，或者说，无论如何都是要回旅馆的。他也许先吃了晚饭——不，他已经在‘雅典娜神庙’吃过了。好吧，他返回旅馆。但是，他却没到达那里。”他稍停顿了一会儿，然后不大相信地说，“还是他其实回到了旅馆？但似乎没人看到他。那他在路上又发生了什么事？”

“他可能遇见了什么人。”麦克雷太太疑惑地说。

“没错。那是完全可能的。某个他许久未见的朋友……他可能跟着一个朋友，去了朋友的旅馆，或者家里，但他不会在那儿住三天，对吗？他不可能整整三天都没想起来他的行李还在旅馆里，他应该会打电话去索要行李。就算他糊涂透顶，忘了这事，也可能已经直接回家了。三天杳无音信，这是怎么也解释不通的。”

“要是他出了什么意外呢……”

“对，麦克雷太太，这当然是可能的。我们可以问问医院。你说他身上有很多可以表明身份的文件？嗯，我想我们现在能做的只有一件事。”

麦克雷太太满眼恐惧地看着他。

“您看，我想现在，”副主教温和地说，“我们不得不向警察求助了。”

第十二章

马普尔小姐轻松自在地享受着在伦敦的时光，她做了许许多多的事情。她之前也来过首都，但因为在那时停留的时间太短，没工夫做这些。必须很遗憾地说，她没有参与那些她可以参加的、丰富的文化活动。她没参观美术馆，也没参观博物馆。她甚至想都没想过去光顾任何形式的时装表演。但她确实去了大商场的玻璃瓷器部和家居布料部，还买了些降价的装饰织物。在这些家庭投资上花了一笔她认为不算多的钱之后，她便尽情享受起属于自己的回忆之旅。

她去了一些小时候就有印象的地方和商店，多数时候仅仅是出于好奇，想看看它们是否还在。她以前没什么机会这样做，但她的确很享受这种乐趣。通常她都在午饭后小憩一下，然后出门。她会尽可能地避开门卫，因为门卫坚信像她这把年纪又这么孱弱的老太太都应该坐出租车出行，然后她会向公交车站或地铁站走去。她买了本公共汽车路线手册和一张地铁交通图，这样她就能仔细安排自己的行程。她可能会在某个下午幸福而怀旧地走在伊夫林花园或翁斯洛广场，喃喃自语："对，那曾是范迪伦夫人的房子。没错，它现在看起来大不相同了。他们好像把它改建了。噢天啊，我看到它有四个门铃，这意味着有四个单元。这曾是多好的老式广场啊。"

她略带羞涩地参观了杜莎夫人蜡像馆，她清楚地记得这个地方给她的孩提时代带来了诸多乐趣。她在韦斯特格罗夫寻找布拉德利毛皮店，却徒劳无功。海伦姨妈以前经常为了自己的海豹皮夹克去那家店。

一般意义上的橱窗浏览对马普尔小姐没有吸引力，但她乐于收集不同的编织样式、新的羊毛品种，还有其他类似的东西。她特别去拜访了里士满，看看那幢托马斯舅爷——一位退休的海军上将——曾经居住的房子。那漂亮的阳台还在，但这里也是，每幢房子好像都被分成了许多单独公寓。更让人痛苦的是位于朗兹广场的房子，一个远房表亲——梅里多夫人曾体面地生活在这里。现在却变成了一幢设计非常现代化的摩天大楼。马普尔小姐悲哀地摇摇头，语气肯定地嘟囔道："我知道，肯定得有发展。但要是埃塞尔表姐知道，我相信她在坟墓里都会深感不安的。"

在一个格外温和宜人的下午，马普尔小姐登上了一辆公共汽车，乘车穿过了巴特西大桥。她打算把两份回忆往事的喜悦结合到一起：参观她以前一位女家庭教师曾住过的王子露台公寓，然后再游览巴特西公园。计划的第一部分失败了，莱德伯里小姐的旧居已消失得无影无踪，取而代之的是大量刺眼的混凝土建筑。马普尔小姐转身走进巴特西公园。她一直都很擅长行走，但也不得不承认现在她的步行能力已大不如从前了，半英里的路程就够她受的了。她想，她可以想办法穿过公园，然后走到彻西大桥，那儿也有一条便利的公共汽车线路。可她的步子变得越来越沉重，所以当她突然发现湖边有一处小茶馆时，觉得非常高兴。

尽管秋天的凉气逼人，但这里仍有茶水供应。今天人不多，只有一些推着婴儿车的妈妈和几对年轻的情侣。马普尔小姐买了一杯茶和两块海绵蛋糕。她用一个托盘装着这些东西，端着它，小心翼翼地走到一张桌子旁坐了下来。这杯茶正是她需要的，又烫又浓，而且非常提神。打起精神之后，她向四周看了看。突然，她的视线停在了一张桌子上，她在椅子上尽力挺直了上身。真的，非常奇怪的巧合，真的非常奇怪！先是在海陆军百货商店，现在又是在这儿。这两人选的还真是些不同寻常的地方！哦，不对！她错了。马普尔小姐从包里拿出另外一副度数更深的眼镜戴上。对，她搞错了。当然，她们有一定的相似之处：长而直的金色头发，但眼前这位不是贝丝·塞奇威克，而是个年轻得多的人。这肯定是她女儿——和塞利娜·哈茨夫人的朋友——勒斯科姆上校一起住进伯特伦旅馆的那个小姑娘。但那位男士就是与塞奇威克夫人一起在海陆军百货商店吃午餐的人。毫无疑问，同样英俊、有如老鹰般的长相，同样的瘦削、同样带有侵略性的强健线条——没错，同样强烈的、富有阳刚之气的吸引力。

“糟糕！”马普尔小姐说，“糟糕的人！残忍！缺德！我不喜欢看到这样的场面。先是母亲，又是女儿。这意味着什么？”

肯定没有好事，马普尔小姐对此非常确定。她几乎对任何事物都持怀疑态度，总是往最坏的方面想，结果十有八九都被证明是正确的，所以她一直坚持自己的理论。现在她能肯定，这两次见面大概都是秘密进行的。此时她看到那两人正隔着桌子，身体前倾，头几乎碰到一起，郑重其事地交谈着。那姑娘脸上的表情——马普尔小姐摘下眼镜，仔细地擦拭了镜片后又戴上。是的，这姑娘坠入爱河了，不顾一切地痴恋着，也只有年轻人能如此恋爱。但是她的监护人怎么会让她在伦敦乱跑，还能在巴特西公园进行这样秘密的约会呢？这样一个有教养、举止文雅的姑娘，这样一个毫无疑问的乖乖女！她周围的人很可能还以为她在另外一个安静的地方呢。她肯定为能够外出而撒了谎。

马普尔小姐出去的时候从他们的桌子旁经过，在不太明显的前提下尽可能地放慢脚步。不幸的是，他们的声音实在太低了，她听不到他们在说什么。只能看到是那男的在说，那姑娘在听，脸上一半是欣喜，一半是担忧。“也许是计划一起私奔？”马普尔小姐思忖着，“她还没有成年。”

马普尔小姐穿过篱笆上开着的小门，走上公园的人行道。人行道旁停了些汽车，她在其中一辆车旁停了下来。马普尔小姐对汽车了解得不多，但这样的车很罕见，于是就记住了它。她从一个车迷外孙那儿了解过一些关于这种车的知识。这是辆赛车，是一种国外的牌子——她现在想不起名字。不仅如此，她还见过这辆车，一辆跟它一模一样的车，就在昨天晚上，伯特伦旅馆附近的一条小巷里。她注意到这辆车，不仅是因为它庞大的身躯和令人印象深刻的奇特外观，还因为它的车牌号——FAN2266——勾起了她某种模糊的记忆，印象中好像有什么与此相关。这让她想到她的表妹范妮·戈弗雷。可怜的范妮曾结结巴巴地说：“我有两……两个……斑……”

她走过去看这辆车的车号。没错，她猜得非常正确。FAN2266。是同一辆车。马普尔小姐沉思着来到彻西大桥的另一边。她每迈一步都比上一步更加痛苦。彼时，她已经精疲力竭，于是她坚决地叫了驶入视线的第一辆出租车。她感到困扰，觉得她应该就某些事采取行动。但是，什么事情？她又该做些什么？答案都非常模糊。她的双眼漫不经心地扫过路边的阅报栏。

一份报上写着“火车劫案的巨大进展”，另一份报上写着“火车司机讲述的经过”。唉！马普尔小姐心想，好像每天都要发生抢银行、抢火车或者抢工资之类的案件。

看来罪犯是越来越猖狂了。

第十三章

总警督戴维在犯罪侦查处来回踱着步，自言自语着什么，这让他看起来像一只巨大的黄蜂。大家都知道这是他特有的举动，所以并没有特别注意，只是有人评论道："老爹又在准备捕食了。"

他最后走进了坎贝尔警督的办公室，此时后者正一脸厌烦地坐在办公桌后面。坎贝尔警督是个有志气的年轻人，即使他的工作大都极为沉闷，但他还是妥善地完成了分配给他的任务，取得了一定的成就。赏识他的上司们觉得他干得不错，时常用一些称赞的话语来鼓励他。

"早上好，长官。"老爹走进他的办公室时，坎贝尔警督毕恭毕敬地跟他打招呼。当然，他在背后也和其他人一样称总警督戴维为"老爹"，但他还没有足够的资格当面这样称呼他。

"我能帮您干点什么，长官？"他问。

"啦，啦，嘣，嘣。"总警督轻哼着，稍微有些走调，"我的名字是吉布斯小姐，为什么他们非得叫我玛丽呢？"坎贝尔的问话将他从对过去的一部音乐喜剧片的回忆中突然拉回现实，他拿过一把椅子坐下来。

“很忙吗？”他问道。

“还行。”

“有一件失踪案，是吗？与什么旅馆有关吧。它叫什么来着？伯特伦。对吗？”

“对的，长官。伯特伦旅馆。”

“这家旅馆违背了禁酒令？召妓？”

“哦，不是的，长官，”坎贝尔警督说道，听到把伯特伦旅馆与这样的事情联系在一起，他感到有些惊讶，“它是一家非常不错的、安静而复古的旅馆。”

“它是这样的地方？”老爹说，“是吗，真的吗？嗯，那挺有趣的，真的。”

坎贝尔警督不知道这为什么有趣。他也不想问，因为谁都知道，自从发生邮车抢劫案之后，上层的脾气十分暴躁。但在那些抢劫犯看来，这起犯罪非常成功。他看着老爹那庞大、肥胖、迟钝而笨拙的脸庞，真不知道——他以前也多次有这样的疑惑——他是如何爬到现在这个总警督的位置的，他在这个部门里又是为什么受到这么高的评价。“可能他在他那个时代还算不错，”坎贝尔警督想道，“一旦这根朽木被清理，许多求上进的家伙就可以被提拔上来了。”可是这根朽木又开始有一句没一句地哼另一首歌。

“*告诉我，善良的陌生人，家里还有像你一样的人吗？*”老爹哼唱道，接着突然又用假声，“*一些，你从不认识的，善良的先生，以及更可爱的姑娘。*哦，不对，我把性别搞错了。这是《弗罗拉多拉》，是个不错的剧。”

"我想我听说过，长官。"坎贝尔警督说。

"我想应该是你躺在摇篮里的时候，你妈妈唱着这首歌哄你入睡。"总警督戴维说道，"那么，伯特伦旅馆出什么事了？谁不见了？怎么不见的，又是为什么不见的？"

"一个叫彭尼法瑟的教士，长官。他是位上了年纪的神职人员。"

"挺没劲的案件，对吗？"

坎贝尔警督笑了笑。

"是的，长官，从某种意义上来讲，确实相当没劲。"

"他长什么样？"

"彭尼法瑟教士？"

"对。我想你这儿应该有他的速写，是吗？"

"当然。"坎贝尔翻翻文件念道，"身高五英尺八，乱糟糟的白发，驼背……"

"他从伯特伦旅馆消失了，什么时候？"

"大约一个星期前，十一月十九日。"

"他们现在才报案。是故意拖延时间，对吗？"

"嗯，我想大家原本都认为他会出现的。"

"案件有眉目了吗？"老爹问，"这个体面而虔诚的人是不是和教会执事的老婆私奔了？不然就是偷偷喝了点酒，或者私吞了教会的基金？没准他是那种魂不守舍的老东西，经常把自己弄丢？"

"呃，长官，从我所了解的情况来看，我觉得是最后一种。他以前也做过这样的事情。"

"什么？从一家体面的西区旅馆消失？"

"不，不是那样，但他经常不按计划回家。有时候，他会在某一天突然拜访某位朋友，而其实那天他们并没有邀请他，或者在他们的确邀请了他的那一天又没去。诸如此类的事情。”

“对，”老爹说，“没错。那听上去很不错，很自然，而且很有计划性，不是吗？你刚才说他确切的失踪日期是？”

“星期四，十一月十九日。他本来应该参加一个会议，是在——”他弯下腰研究了一下桌上的文件，“哦，对了，在卢塞恩召开的，圣经历史学会——这是英语译法——我想实际上是个德国的学会。”

“在卢塞恩召开的？这老伙计——我猜他是个老家伙？”

“据我所知是六十三岁，长官。”

“这老伙计没有出席，是这样吗？”

坎贝尔警督把文件向面前拉了拉，然后告诉老爹到目前为止他们已经掌握的确定事实。

“听起来他好像不是跟一个唱诗班的男童跑了。”总警督戴维评论道。

“我想他肯定会出现的，”坎贝尔说，“但是我们当然得进行调查。您——嗯——对这桩案子特别感兴趣吗，长官？”他几乎掩饰不住自己的好奇。

“不，”戴维若有所思地说，“不，我对这案子不感兴趣。我看不出这案子里有任何值得感兴趣的东西。”

他停住不再继续，停顿期间坎贝尔警督用眼神示意道“然后呢？”，结尾还带着一个问号，他所受的训练让他能够不发出声音就表达出这个意思。

“我真正感兴趣的，”老爹说，“是日期。当然，还有伯特伦旅馆。”

“它一直管理得非常不错，长官。旅馆没问题。”

“很好，我能肯定。”老爹说。他又若有所思地加上一句：“我倒想看一眼这个地方。”

“当然可以，长官。”坎贝尔警督说，“您想什么时候去都可以，我刚才还想着去一趟呢。”

“我最好还是跟你一起去，”老爹说，“我不能冒昧前往，绝对不能那样干。但我只想看看那个地方，而你这个失踪的副主教——不管他是干什么的——给了我一个很好的借口。在那儿你不用叫我‘长官’，你尽管端出架子，我只是你的随从。”

坎贝尔警督来了兴致。

“您是不是认为那儿与什么事情有联系，长官？与其他案件可能有联系？”

“到目前为止，还没有理由这样认为，”老爹说，“但你知道这是怎么回事。人们总有一种——我不知道该怎么描述——一种直觉，你不这样认为吗？伯特伦旅馆，不知为什么，听起来美好得不像是真的。”

他又开始模仿大黄蜂，哼唱着《让我们一起去海边》。

两位警官一起动身了。坎贝尔的西服便装显得很精神（他的身材极好），而总警督戴维穿着花呢外衣，让人感觉是从乡下来的。他俩相辅相成。只有戈林奇小姐那精明的眼睛——她从登记簿上抬起头来——认出了他们，并为他们的低调行事感激不已。因为此前她已经报告了彭尼法瑟教士的失踪案，并和一个职位较低的警察谈过了，她知道警察会找上门来。

她向身边一个表情认真的女助手低声嘱咐了些什么，后者便走上前来代替她处理一般性的询问和服务，而戈林奇小姐则轻轻地沿柜台向旁边挪了一点，抬头看着这两个人。坎贝尔警督把他的名片放在她面前，她点了点头。看着他身后身材高大、穿着花呢外衣的人，她注意到他稍稍向旁边侧过了身子，正在观察休息大厅和里面坐着的人。看到这么一个鲜活而又有教养的上层世界，他的脸上浮现出一种天真的愉悦。

“请去办公室谈好吗？”戈林奇小姐说，“我们在那儿谈会更方便些。”

“好的，我想那再好不过了。”

“你们这地方真不错，”那高大肥胖、长相笨拙的人转过头来跟她说，“很舒适。”他赞赏地看着壁炉里熊熊燃烧的火焰加上了一句：“很不错的经典布局。”

戈林奇小姐开心地笑了笑。

“是的，的确是这样。我们为能使我们的顾客感到舒适而自豪。”她说，继而转向助手：“你继续替我一会儿好吗，艾丽斯？登记簿在那儿。乔斯林夫人很快就到了。她看到房间后肯定会想换一间，但你必须向她解释我们的房间实在是订得太满了。若有必要，你可以让她看看三楼的三四〇房间，把那间给她。但那间太糟糕了，只要看到它，她就会觉得还是原来的房间好。”

“好的，戈林奇小姐。我会照做的。”

“另外，提醒莫蒂默上校他的单筒望远镜在这儿。他今天早上让我替他保管的，一定记得让他带着出门。”

“好的，戈林奇小姐。”

这些工作完成之后，戈林奇小姐看了看眼前的两个人，从柜台后走出来，向一扇红木门走去。这扇门看起来很普通，上面什么字也没有。戈林奇小姐把门打开，然后他们走进一间看上去颇为寒酸的小办公室。三个人都坐了下来。

“我听说，失踪的人是彭尼法瑟教士，”坎贝尔警督说，他看看记录，“我这儿有沃德尔警佐的报告。也许你现在能亲自告诉我们到底发生了什么事。”

“我认为彭尼法瑟教士的失踪，并不是传统意义上的失踪。”戈林奇小姐说，“我觉得，他可能是在哪儿碰到了什么人，某个老朋友之类的，然后跟着他去参加学术会议、聚会一类的活动了，在欧洲。他的行踪总是飘忽不定。”

“你认识他很久了吗？”

“哦，是的。我想大概，他已经光顾这里——让我想想——哦，至少五六年了。”

“你自己在这儿也有一段时间了吧，夫人。”总警督戴维突然插话。

“我在这儿已经，我想想，十四年了。”戈林奇小姐说。

“这是个不错的地方，”戴维重复道，“彭尼法瑟教士在伦敦时经常住在这儿，是吗？”

“是的。他经常来我们这儿。他会提前很久写信预订房间。他在纸上比在实际生活中要条理清晰得多。他订了十七日到二十一日的房间。其间他会出去一两个晚上，但他说，希望他不在的时候我们能保留他的房间，他经常这样。”

“你们是什么时候开始担心他的？”坎贝尔问道。

“嗯，我们其实并不担心。当然这很让人为难。您要知道，从二十三号开始，他的房间就被其他人预订了，那时我才意识到——开始我并没有注意到——他还没有从卢加诺回来……”

“我这儿的记录上说是卢塞恩。”坎贝尔说。

“对，对，我想的确是卢塞恩。某个考古会议。不管怎样，当我意识到他还没有回来，行李还在他的房间里等着他时，事情就有点棘手了。要知道，每年这个时候我们的房间总是订得满满的。二十三号起，就有别的客人要住进他的房间——是来自莱姆里吉斯的桑德斯夫人，她总是住那个房间。再后来他的女管家打电话来，她很担心。”

“女管家的名字叫麦克雷太太，我从西蒙斯副主教那儿听说的。你认识她吗？”

“没见过面，只是在电话里和她谈过几次。我想，她是位非常值得信赖的女士，跟着彭尼法瑟教士已经有些年头了。她当然会感到不安。我想她和西蒙斯副主教已经和教士亲近的亲戚朋友联系过了，但他们都对彭尼法瑟教士的行踪一无所知。教士先生明知副主教要去拜访他，却没有回家，这看起来当然非常奇怪——实际上，现在仍是这样。”

“这位教士经常那样心不在焉吗？”老爹问道。

戈林奇小姐没理睬他。在她看来，这胖男人很可能是随从的警佐，急于表现自己。

“现在，”戈林奇小姐以一种厌烦的声音继续说，“现在，我从西蒙斯副主教那儿得知，彭尼法瑟教士根本就没去参加卢塞恩的会议。”

“他派出过任何说他不去的口信吗？”

“我想没有——没从这儿发。没有电报之类的东西。我对卢塞恩确实一无所知，我真正关心的只是旅馆的事情。我看到晚报上都登了——我是指他失踪这件事，他们没提他是住在这儿的。希望他们不要提。我们不需要新闻报道，我们的顾客会很不喜欢的。要是你们能让媒体远离我们，坎贝尔警督，我们将感激不尽。我的意思是，他好像不是从这儿失踪的。”

“他的行李还在这儿吗？”

“是的。还在行李间。如果他没去卢塞恩，你们想没想过他可能是被车撞了？或其他类似的事情？”

"没有发生那样的事。"

"这件事真的是非常非常奇怪，"戈林奇小姐说，流露出些许兴趣，取代了厌烦的情绪，"我是说，这确实让人想知道他可能去了哪里，以及原因。"

老爹理解地看着她。

"当然，"他说，"你只是从旅馆的角度来思考这个问题。理所当然。"

"我得知，"坎贝尔警督再次查看了一下他的记录说，"彭尼法瑟教士于十九日星期四晚六点半离开旅馆，随身带着过夜用的小旅行袋，乘出租车离开，还让门卫告诉司机到'雅典娜神庙'俱乐部。"

戈林奇小姐点点头。

"对，他是在'雅典娜神庙'俱乐部吃的饭。西蒙斯副主教告诉我，那是人们最后见到他的地方。"

她把最后目击到彭尼法瑟教士的责任从伯特伦旅馆转移到"雅典娜神庙"俱乐部时，语气非常坚定。

"嗯，把事实都弄清楚真不错，"老爹用低沉的嗓音轻声说，"我们现在已经弄清楚了。他是带着他的蓝色英国海外航空公司手提袋走的——不管那里面装了什么——那的确是个蓝色手提袋，对吗？他出发后就没回来，事情就是这样。"

"您看，我真的帮不了什么忙。"戈林奇小姐说，她打算站起来回去工作。

"看起来你是不能帮到我们，"老爹说，"但是别人也许能。"他补充说。

"别的人？"

"没错，是的。"老爹说，"也许一位职员。"

“我并不认为会有任何人知道情况，不然他们肯定已经向我报告了。”

“嗯，也许，他们可能报告了，也可能没有。我的意思是，如果他们清楚地知道自己了解了什么情况的话，肯定就告诉你了。但我更想知道彭尼法瑟无意间说过的话。”

“什么话？”戈林奇小姐说，她看上去有些困惑。

“哦，只是些可能会给我们提供线索的话。比如‘今晚我打算去见一位老朋友，自从在亚利桑那州见面后我就再也没见过他’之类的。或者‘我下周打算去我侄女那儿待上一星期，她女儿要举行坚信礼。’要知道，找这种心不在焉的人，这样的线索很有用。它们能表明这人的脑海里在想些什么。事情可能是这样的，他在‘雅典娜神庙’吃过晚饭后，坐进出租车，然后想‘现在我该去哪儿？’于是便去了脑海中想到的那个地方——比方说，他脑海里的坚信礼——他认为他是要去那儿的。”

“噢，我明白您的意思了。”戈林奇小姐怀疑地说，“这看起来不太可能。”

“碰碰运气嘛。”老爹愉快地说，“而且，这儿还有些客人。我估计彭尼法瑟教士认识他们中的一些人，因为他是这里的老顾客。”

“哦，是的，”戈林奇小姐说，“让我想一想。我曾看到他与——对，塞利娜·哈茨夫人交谈。还有诺威奇的主教。我想他们是老朋友。他们以前一起在牛津待过。还有詹姆森太太和她的女儿们，他们是同乡。哦，是的，很多很多人。”

“要知道，”老爹说，“他可能与他们中的一个谈过话，可能只是提到了一些无关紧要的事，这些事会给我们一点线索。还有对教士先生比较了解的人住在这里吗？”

戈林奇小姐皱着眉头想了想。

"嗯，我想拉德利将军还在这儿，还有一位来自乡下的老妇人。她告诉我，她还是个姑娘的时候曾在这儿住过。我一时想不起她的名字，但我能帮你找找。哦，对了，马普尔小姐，这就是她的名字。我想她认识他。"

"嗯，我们可以从这两个人着手。另外，我想还有一位女服务员。"

"哦，是的，"戈林奇小姐说，"但沃德尔警佐已经问过她了。"

"我知道。但也许不是从这个角度。在他餐桌旁服务的侍者怎么样？或者领班？"

"没问题，那是亨利。"戈林奇小姐说。

"谁是亨利？"老爹问。

戈林奇小姐看上去几乎震惊了。对她来说，有谁不认识亨利简直是不可能的事。

"亨利不知道在这儿干了多少年，"她说，"您进来的时候肯定注意到他在为顾客上茶点。"

"像个名人，"戴维说，"我记得注意到了他。"

"我不知道没了亨利我们该怎么办，"戈林奇小姐动情地说，"他真是太了不起了。是他给这地方定下的调子。"

"也许他会愿意为我上茶点的，"总警督戴维说，"松饼，我看到他那儿有。我想再吃一顿好的松饼。"

"如果您喜欢，当然可以。"戈林奇小姐相当冷淡地说，"要我为你们在休息大厅里要两份茶吗？"她转向坎贝尔警督接着说。

"那……"警督的话刚一开头，门突然开了，汉弗莱斯先生像幽灵一样出现了。

他看上去有些吃惊，接着狐疑地看向戈林奇小姐，戈林奇小姐做了解释。

“这两位先生是从苏格兰场来的，汉弗莱斯先生。”她说。

“坎贝尔警督。”坎贝尔说。

“哦，是的，没错，”汉弗莱斯先生说，“我猜您二位是为彭尼法瑟教士的事来的吧？非常不同寻常的事情。我希望他没发生什么意外，可怜的老家伙。”

“我也希望他没发生什么意外，”戈林奇小姐说，“这么一位受人尊敬的老人。”

“一个守旧派。”汉弗莱斯先生赞同地说道。

“看来你们这儿有相当多的守旧派。”总警督戴维评论道。

“的确，的确，”汉弗莱斯先生说，“是的，在许多方面我们真的算是个幸存者。”

“要知道，我们有自己的常客。”戈林奇小姐说，她的语气十分自豪，“同样的人年复一年地回到这来。我们有许多美国客人，波士顿人和华盛顿人。他们都非常文静、有教养。”

“他们喜欢这里的英国氛围。”汉弗莱斯先生笑笑说，露出雪白的牙齿。

老爹若有所思地看着他。坎贝尔警督说道：

“你非常确定没收到教士先生的口信吗？我的意思是，可能有人接到了，却忘了写下来，或者忘了传下去。”

“电话口信总是被非常仔细地记录下来，”戈林奇小姐冷冰冰地说，“这种情况我想都不愿意想，竟然有口信没有传到我手上或者转给合适的值班人。”

她瞪眼看着他。

坎贝尔警督看上去吓了一跳。

“要知道，实际上我们以前已经回答了这些问题，”汉弗莱斯先生也冷冰冰地说，“我们把了解到的情况都告诉了您那儿的警佐——我一时想不起他的名字。”

老爹动了动身子，以一种拉家常的方式说：

“嗯，要知道，看起来情况已开始变得愈发严重了。而这不仅仅是因为彭尼法瑟教士心不在焉所致的失联。所以，我想，我们最好能和你们之前提到的两个人谈上几句——拉德利将军和马普尔小姐。”

“您想让我安排您与他们的面谈吗？”汉弗莱斯先生看上去颇为不悦，“拉德利将军的耳朵很不好使。”

“我觉得没必要弄得太正式，”总警督戴维说，“我们不想让人们感到不安。你们尽管放心地交给我们来办。只要指出那两个你们提到的人就可以了。彭尼法瑟教士可能提及了他的某个计划，或者他打算在卢塞恩会见的某个人，或者谁将和他一起去卢塞恩。不管怎么说，这值得一试。”

看上去汉弗莱斯先生的情绪稍微放松了点。

“还有什么我能帮上忙的事情吗？”他问道，“您知道，我们是非常乐于配合你们的工作的，只要您能充分理解我们对任何新闻报道的感受。”

“非常理解。”坎贝尔警督说。

“另外我还要和那个女客房服务员谈谈。”老爹说。

“如果你愿意的话当然没问题。不过我很怀疑她是否能提供有用的信息。”

“多半不能。但可能有些细节——彭尼法瑟教士可能提到了一封信，或者一次约会。谁也说不准。”

汉弗莱斯先生瞥了一眼手表。

“她六点才上班，”他说，“在三楼。也许你们可以在等待期间先喝点茶？”

“很好。”老爹马上说。

他们一起离开了办公室。

戈林奇小姐说：“拉德利将军在吸烟室里，那条通道的左手边，第一间屋子。他会坐在壁炉旁看《泰晤士报》，不过，”她谨慎地加上了一句，“他可能在睡觉，您真的不需要我……”

“不用，不用，我会见机行事的。”老爹说，“另外那个人呢，那位老妇人？”

“她就坐在那边，壁炉旁。”戈林奇小姐说。

“那位白发蓬松，正在织毛线的人？”老爹看了看，说道，“简直像是在演戏，不是吗？每个人都有一位这样的叔祖母。”

“如今的叔祖母都不是那样了，”戈林奇小姐说，“话说起来，连祖母、曾祖母都不是那样了。昨天我们这儿来了一个巴洛侯爵夫人，她是个曾祖母。老实说，她刚进来的时候我都不知道是她。她刚从巴黎回来，脸上涂着厚厚的一层胭脂和白粉，像是戴着面具，头发染成淡银灰色。我觉得她完全就是个假人，但看上去倒是不错。”

“嗯，”老爹说，“就我自己而言，我更偏向于老式的打扮。嗯，谢谢你，夫人。”他向坎贝尔扭过头去：“我来处理这件事好吗，长官？我知道您还有要事在身。”

“好的，”坎贝尔说，他领会了其中的意思，“我觉得不会有太大的收获，但值得一试。”

汉弗莱斯先生一边向他的密室走去，一边说：

“戈林奇小姐，请过来一下，就一会儿。”

戈林奇小姐跟着他进去，然后关上了门。

汉弗莱斯在屋里踱来踱去，他严厉地问：

“他们为什么要见罗丝？该问的沃德尔都问过了。”

“我想只是例行公事而已。”戈林奇小姐满腹狐疑地说。

“你最好先跟她交代一下。”

戈林奇小姐看上去有点吃惊。

“但是，坎贝尔警督肯定……”

“嗯，我并不担心坎贝尔。是另外那个人，你知道他是谁吗？”

“他并没有说自己的名字。我觉得他是个警佐，但看上去倒像个乡巴佬。”

“乡巴佬？鬼才信呢。”汉弗莱斯先生说，再也顾不上自己的风度，“那是总警督戴维，他简直就是只老狐狸。警察局的人对他评价颇高。我倒想知道他在这儿干什么，鼻子嗅来嗅去的，还装成一个和蔼的乡下佬。我很不喜欢这样。”

“您不会认为……”

“我不知道该怎么认为，但我告诉你，我不喜欢这样。除罗丝之外，他还要求见其他什么人吗？”

“我猜他打算和亨利谈谈。”

汉弗莱斯先生笑出了声，戈林奇小姐也笑了。

“我们用不着担心亨利。”

“是的，的确不用。”

“还有那些认识彭尼法瑟教士的客人？”

汉弗莱斯先生又笑了。

“我希望他和老拉德利交谈愉快。他喊破嗓子也不会得到任何有价值的信息。欢迎他去找拉德利和那只可笑的老母鸡——马普尔小姐。不管怎么样，我不喜欢他在这儿嗅来嗅去的……”

第十四章

“要知道，”总警督戴维若有所思地说，“我不怎么喜欢那个叫汉弗莱斯的家伙。”

“您觉得他有什么问题吗？”坎贝尔问道。

“嗯——”老爹带着抱歉的口吻说，“就是种奇怪的感觉而已。他属于那种溜须拍马类型的人。我不知道他是饭店的所有者还是只是个经营者。”

“我可以去问问他。”坎贝尔转身迈步要向柜台走去。

“不，不要问他，”老爹说，“把答案找出来——悄悄地。”

坎贝尔好奇地看着他。

“您在想什么，长官？”

“也没什么，”老爹说，“我只是觉得我想得到更多关于这地方的资料。我想知道谁在经营它，它的财务状况如何，等等。”

坎贝尔摇了摇头。

“我必须要说，如果伦敦还有一个地方是绝对不容怀疑的话……”

“我知道，我知道。”老爹说，“这样的声望该是多么有用啊！”

坎贝尔又摇了摇头，走开了。老爹沿着走廊来到吸烟室。拉德利将军刚好从睡梦中醒来。一份《泰晤士报》从他膝上滑落，散落在地。老爹把报纸捡起来，把各页重新整理好然后递到他手中。

“谢谢您，先生。您真是好心。”拉德利将军声音粗哑地说。

“您就是拉德利将军吗？”

“是的。”

“很抱歉打扰您，”老爹提高嗓门说，“我想和您谈谈彭尼法瑟教士的事。”

“呃，什么？”将军放一只手到耳后。

“彭尼法瑟教士。”老爹大喊道。

“我父亲？多年前就死了。”

“彭尼法瑟教士。”

“哦。他怎么了？我几天前见过他。他住在这儿。”

“他本来打算给我一个地址。他说会把地址放在您那儿的。”

这些话更难让拉德利将军理解，但最后终于成功了。

“他从未给过我什么地址。肯定是把我跟其他什么人给混淆了。糊涂的老笨蛋，总是这样。要知道，他是那种学究型的人。这种人总是心不在焉。”

老爹又坚持了一会儿，但很快就发现与拉德利将军进行交谈几乎是不可能的，而且几乎肯定不会有什么收获。他走进休息大厅，在马普尔小姐的桌旁找了个位子坐下来。

“喝茶吗，先生？”

老爹抬起头，像任何其他人一样，亨利给他留下了深刻的印象。尽管外表高大而肥胖，但他出现的时候就像空气般的精灵一样，能随心所欲地显形和消失。老爹要了茶。

“我看到你们这儿有松饼，对吗？”他问。

亨利和蔼地笑了笑。

“是的，先生。恕我直言，我们的松饼的确非常不错。每个人都喜欢。需要给您点一份松饼吗，先生？要印度茶还是中国茶？”

“印度茶，”老爹说，“或者锡兰茶，要是你们有的话。”

“我们当然有锡兰茶，先生。”

亨利用手指做了个极不显眼的手势，于是，他的手下，一个面色苍白的年轻人，便转身取锡兰茶和松饼去了。亨利又和蔼可亲地踱往别处。

“你是个人物，的确是，”老爹想道，“不知道他们是怎么控制你的，又付给你多少钱。我敢打赌他们肯定花了不少钱，而你也的确值这么多。”他注视着亨利慈父般地弯腰站在一位老妇人身边。他不知道亨利对他是怎么看的——如果他有看法的话。老爹自认为很好地融入了伯特伦旅馆。他看起来可能曾是个富有的乡绅，也可能是一个以赌赛马为业的贵族。老爹认识两个看起来很像那样的人。总而言之，他想，他过关了，但他也觉得他可能没骗得了亨利。“没错，你确实是个人物。”老爹又一次这样想道。

茶和松饼送上来了。老爹咬了一大口，黄油顺着下巴往下流。他用一块大手帕将它擦掉了。喝了两杯放了很多糖的茶后，他向前探过身子，与坐在他旁边椅子上的女士说起话来。

“您好，”他说，“您是简·马普尔小姐吗？”

马普尔小姐把视线从她的编织活儿上挪开，看着总警督戴维。

“对，”她说，“我就是马普尔小姐。”

“希望您不介意我跟您谈话。事实上，我是个警察。”

“真的？我希望这里没什么严重的问题吧？”

老爹赶忙长辈般地劝她放下心来。

“噢，用不着担心，马普尔小姐，”他说，“根本不是您想的那种事情，没发生失窃案或任何类似的事情。只不过是一个心不在焉的教士出了点麻烦，仅此而已。我想他是您的一个朋友——彭尼法瑟教士。”

“哦，彭尼法瑟教士。他几天前还在这儿。是的，我认识他已经很多年了，但交往不深。正如你所说的，他确实非常心不在焉。”她有些感兴趣地加上一句：“他又干了什么？”

“嗯，礼貌一点来说，他走丢了。”

“哦，天哪，”马普尔小姐说，“他本来应该去哪儿？”

“回到他在教堂街的家，”老爹说，“但他没有。”

“他曾告诉过我，”马普尔小姐说，“他要去卢塞恩开一个会。我想是关于死海文献的会议。要知道，他是个了不起的研究希伯来文和阿拉米文的学者。”

“是的，”老爹说，“您说得对。那是他——嗯，那是大家以为他会去的地方。”

“你的意思是他没有到过那里？”

“没有，”老爹说，“他没去。”

“噢，”马普尔小姐说，“我想他记错了日期。”

“很可能，很可能。”

“恐怕，”马普尔小姐说，“这样的事情并不是头一次发生。有一次我去查德敏斯特同他一起喝茶，他却没在家，那时他的管家就告诉过我，他有多么心不在焉。”

“我想知道，他待在这儿的时候，有没有跟您说过任何可能给我们提供线索的事情？”老爹问道，他说话的语气轻松而且满是信任，“您知道我指的是什么，除了卢塞恩会议之外，他有没有碰到朋友，或者制订一些计划？”

“没有。他只提到了卢塞恩会议。我想他说是在十九号，对吗？”

“那是卢塞恩会议召开的日期，对的。”

“我没特别注意日期。我是说——”像大多数老年妇女一样，马普尔小姐这时有点儿被绕进去了，“我觉得他说的是十九号，或者说，他可能说的是十九号，而与此同时，可能他指的十九号实际上是二十号。我的意思是，他可能以为二十号是十九号，或者以为十九号是二十号。”

“嗯——”老爹说，他也有点晕乎。

“我这表达太糟糕了，”马普尔小姐说，“我的意思是，像彭尼法瑟教士这样的人，如果他们说星期四要去某个地方，你应该有这样的思想准备：他们不是指星期四，他们实际上指的可能是星期三或星期五。通常他们能及时发现，但有时候却不能。我那时还想呢，这样的事情肯定又发生了。”

老爹看上去有点迷惑。

“听上去您好像已经知道了，马普尔小姐，彭尼法瑟教士没去卢塞恩。”

“我知道他星期四不在卢塞恩，”马普尔小姐说，“他整天——或者说大半天都待在这儿。这就是我为什么会这样认为。当然了，尽管他可能对我说过星期四，他指的实际上却是星期五。他肯定是星期四晚上拎着他的英国欧洲航空公司手提包离开这儿的。”

“非常正确。”

“我那时以为他是要去飞机场，”马普尔小姐说，“所以看到他又回来了我觉得很惊讶。"

"对不起，您说'又回来了'是什么意思？"

"噢，我是说他又回这儿来了。"

"现在，让我们把这件事理理顺吧。"老爹很小心地以一种愉快追忆的口吻轻描淡写地说道，"您看见那老家——我是说，您看见彭尼法瑟教士晚上早早地拎着过夜用的小旅行袋离开这儿，就像您认为的那样，去飞机场。是这样吗？"

"是这样的。我想大约是在六点半或者七点差一刻。"

"但是您说他又回来了。"

"也许他误了飞机。这可能是他回来的原因。"

"他是什么时候回来的？"

"嗯，我不清楚。我没看到他回来。"

"噢，"老爹很吃惊地说，"我觉得您说过的确见到他了。"

"哦，我后来是看到他了，"马普尔小姐说，"我的意思是，我并没有看到他走进这家旅馆。"

"您后来见到他了？什么时候？"

马普尔小姐想了想。

"让我想想。那时大约三点钟。我没睡好，什么东西把我吵醒了。是一种声音。伦敦有许许多多奇怪的噪音，我看了一眼我的小闹钟，是三点过十分。出于某种原因——我不能确定到底是什么——我感到不安。我的房门外有，也许有，脚步声。住在乡下时，要是半夜听到脚步声，那会让人紧张。于是我便打开门往外看了看。彭尼法瑟教士正从他的房间里出来——他住我隔壁——穿着大衣沿楼梯下去了。"

"他凌晨三点的时候穿着大衣从房间出来然后走下楼去？"

“是的，”马普尔小姐说，又补充道，“我那时觉得很奇怪。”

老爹看了她一会儿。

“马普尔小姐，”他说，“您以前为什么没把这告诉给任何人呢？”

“因为没有人问过我。”马普尔小姐简短地说。

第十五章

老爹深深地吸了一口气。

“不会的，”他说，“不会的，我想没有人会想到要问您。就这么简单。”

他又陷入沉默之中。

“您认为他出事了，是吗？”马普尔小姐问道。

“已经一个多星期了，”老爹说，“他没有中风倒在大街上，也没有遇上交通事故被送去医院。那他在哪儿呢？媒体已经报道过他的失踪了，但还没人前来提供任何情况。”

“他们可能还没看到新闻。我就没有。”

“看上去——真的看上去——”老爹正在理出自己的思路，“好像他是有意失踪的。在凌晨那样离开这个地方。您对此非常确信，是吗？”他尖锐地问道：“您不是在做梦？”

“我绝对确信。”马普尔小姐回答得很果断。

老爹费力地站了起来。

“我最好去见见那个女客房服务员。”他说。

老爹看到罗丝·谢尔登正在工作，他用审视的目光打量着长相友善的她。

“很抱歉打扰，”他说，“我知道你已经见过我们的警佐了。事关那位失踪的先生，彭尼法瑟教士。”

“哦，是的，长官，一位相当不错的先生。他经常住这儿。”

“心不在焉。”老爹说。

罗丝·谢尔登那恭敬的脸上露出一丝得体的微笑。

“让我看看，”老爹假装查看一些记录，“你最后一次看到彭尼法瑟教士是在……”

“在星期四的早上，长官。十九号，星期四。他告诉我他那天晚上不回来，而且可能第二天也不回来。他要去，我想想，要去日内瓦。不管怎样，是瑞士的某个地方。他给我两件要洗的衬衫，我说第二天早上就能洗好。”

“那就是你最后一次看见他吗？”

“是的，长官。要知道，我下午不上班。我六点整再回来工作时，他肯定已经离开了。至少肯定已经到楼下了，不在房间里。他留下了两只手提箱。”

“对。”老爹说。箱子里的东西已经检查过了，但没有发现任何有用的线索。他继续道：“你第二天早上叫他了吗？”

“叫他？没有，长官，他已经走了。”

“你通常是怎么做的？给他送早茶？早餐？”

“早茶，长官。他通常在楼下吃早餐。”

“这么说你第二天就根本没进他的房间？”

“哦，我进了，长官。”罗丝看起来有些震惊，“我像往常一样走进他的房间，把洗好的衬衫拿进去，除此之外，我当然还打扫了房间。我们每天都打扫所有房间。”

“床被人睡过吗？”

她盯着他：“床？长官，哦，没有。”

“床上乱吗？有任何皱折吗？”

她摇摇头。

“浴室呢？”

“有一条湿手巾，长官，我推测是前一天晚上用过的。他可能在出发前洗了洗手。”

“没有任何迹象表明他又回到了房间吗？也许很晚——半夜之后？”

她有些迷惑不解地盯着他。老爹张开口，接着又闭上了。要么她对彭尼法瑟教士的返回一无所知，要么她是个高水平的演员。

“他的衣服呢？西服，都在箱子里装好了吗？”

“没有，长官，都挂在衣柜里。要知道，他保留了他的房间，长官。”

“那是谁把它们装进箱子的？”

“戈林奇小姐吩咐的，长官。那个时候需要腾出这间房，让一位新来的女士住进来。”

一个坦诚率直、前后一致的叙述。如果那位老妇人是正确的，说她看见彭尼法瑟教士于星期五早上三点钟离开他的房间，那么他肯定在什么时候又回到了房里。可是没有人看见他进入旅馆。他是出于某种原因，故意不让别人看到的吗？他在房间里也没留下任何痕迹，甚至没有在床上躺过。这整件事是不是马普尔小姐做梦做出来的？像她这样的年纪，这个可能性很大。他想出了个办法。

“那机场包呢？”

“您说什么，长官？”

“一个小包，深蓝色的，是英国欧洲航空公司，或者英国海外航空公司的包，你肯定见过？”

“哦，那个——是的，长官。但是，当然了，他会带着它出国的。”

“可他并没有去国外，他根本没有去瑞士。所以他肯定把它留下来了，要么就是他返回来把它和其他行李一起放在这儿了。”

“是的，是的……我想……我也不大肯定……我想他是这样做的。”

这样的想法本能地掠过老爹的脑海：他们没有向你提供这方面的材料，是吗？

罗丝·谢尔登此前一直平静而精明地回答了问题，但这个问题使她不安了。她不知道合适的答案，可她本该知道的。

彭尼法瑟教士拿着他的包去机场，又从机场离开了。如果他回到了伯特伦，包肯定也回来了。马普尔小姐描述教士在凌晨离开他的房间、走下楼梯的时候，并没有提到它。

它可能被留在了卧室里，却没有同其他箱子一起放在行李间内。为什么没有呢？因为教士应该已经去了瑞士？

他和蔼地向罗丝表示感谢，便又下楼了。

彭尼法瑟教士！谜一样的彭尼法瑟教士。讲了好多次要去瑞士，把事情搞砸了，又没去成，偷偷地、没有被一个人发现地返回旅馆，凌晨时分又离开了旅馆。去哪儿？去干什么？

“心不在焉”能解释这一切吗？

如果不能，那么彭尼法瑟教士在搞什么鬼？更重要的是，他在哪儿？

老爹从楼梯上怀疑地看着休息大厅里的人，不知道是否每个人都是他们表面上看起来的那样。他已经到了那个阶段！老年人、中年人（没有太年轻的）都是有教养的守旧派，几乎都非常富有，都非常值得尊敬。军人、律师、教士；一对美国夫妇坐在门边，一家法国人坐在壁炉旁。没有人太引人注目，没有人不合时宜；他们中大部分都在享受传统的英式下午茶。一个提供旧式下午茶的地方真的可能会有什么严重的问题吗?

一个法国男人向他的妻子发表评论，他的发言与这种环境真是配合得天衣无缝。“下午茶。”他说道，“这很有英国特色，不是吗？”[①]他满脸赞许地环顾四周。“下午茶，”老爹一边想一边穿过旅馆大门走向大街，“那家伙还不知道‘下午茶’已经不流行了！”旅馆外，各种各样巨大的美式衣箱和手提箱正被装进一辆出租车中。看起来埃尔默·卡伯特夫妇正赶着去巴黎的旺多姆旅馆。

在他旁边的人行道上，埃尔默·卡伯特太太正在向她丈夫述说着自己的观点：

“彭德尔伯里两口子对这地方的评价很对，埃尔默。它就是以前的英格兰。如此精美的爱德华时代旅馆。我几乎都能感觉到爱德华七世会在任何时刻走进来，然后坐在那儿喝下午茶。我想明年还来这儿，我真的想。”

“如果我们有一百万美元左右的闲钱的话。”她丈夫冷淡地说。

“得了，埃尔默，事情还没有那么糟。”

行李装好后，高大的门卫帮助他们坐进车。卡伯特先生点头致意时，他喃喃地说了声“谢谢您，先生”。出租车开走了。门卫把注意力转移到老爹身上来。

①原文为法文。

“需要出租车吗，先生？”

老爹抬头看着他。

六英尺多高，长相不错，有点颓废，退役军人，很多勋章——很可能是真的。看起来有点狡诈？酒喝太多了。

他大声问道：“退役军人？”

“是的，先生。爱尔兰陆军。”

“军功章，我看到了。在哪儿得到的？”

“缅甸。”

“你叫什么？”

“迈克尔·戈尔曼。是个中士。”

“这儿的工作不错？”

“这是个安静的地方。”

“你不想去希尔顿？”

“不想。我喜欢这儿的工作。来这儿的都是有教养的人，而且很多是赌马的绅士，他们一般去爱斯科赛马场和纽伯里。我经常从他们那儿得到不菲的小费。”

“啊，这么说你是个爱尔兰人，喜欢赌博，对吗？”

“呵！现如今，不赌博的人，人生会变成什么样？”

“平静而乏味，”总警督戴维说，“像我的生活一样。”

“真的吗，先生？”

“你能猜出我是干什么的吗？”老爹问道。

爱尔兰人咧嘴笑了。

“不是冒犯您，先生，要我猜的话，我想您是个警察。”

“一下就猜对了，”总警督戴维说，“你记得彭尼法瑟教士吗？”

“彭尼法瑟教士，嗯，我好像记不住名字……”

“一个上了年纪的教士。”

迈克尔·戈尔曼大笑起来。

“啊，现在那里面的教士就像豆荚里的豌豆一样多。”

“失踪的那一个。”

“哦，那一个啊！”门卫似乎有点吃惊。

“你认识他吗？”

“如果不是有人向我问起，我是不会想起他的。我知道的是，我把他送进一辆出租车，然后他去了‘雅典娜神庙’俱乐部。那是我最后一次见到他。有人告诉我他去了瑞士，但我听说他没去成。他好像走丢了。”

“你那天后来再没见过他？”

“后来……没有，确实没有。”

“你什么时候下班？”

“十一点半。”

总警督戴维点点头，没要出租车，而是沿着庞德大街慢慢地走着。一辆汽车轰鸣着从他身边的马路上驶过，然后在伯特伦旅馆外面停下来，发出尖厉的刹车声。总警督戴维严肃地回过头，注意到了那辆车的车牌：FAN2266。这数字使他想起什么，但一时又想不起来。

他慢慢地原路返回，刚走到入口处，不久之前走进旅馆大门的车主又出来了。他和那辆车倒很相配。车是一辆白色赛车，长长的车身发出道道白光。而这年轻人也有着同样的、如同在搜寻猎物的猎狗一样的神情，他长了张英俊的脸，身上没有一寸赘肉。

门卫把车门拉开，年轻人跳进去，扔给门卫一枚硬币，然后把车开走了，车子的发动机发出强劲的轰鸣声。

“你知道他是谁吗？”迈克尔·戈尔曼对老爹说。

“不管是谁，都是个危险的司机。”

“拉迪斯拉斯·马利诺斯基。两年前赢得汽车大奖赛——世界冠军。去年受了重伤，据说他现在又没事了。”

“别告诉我他住在伯特伦旅馆里，不是很搭。”

迈克尔·戈尔曼咧嘴笑笑。

“他不住在这儿，的确。但他的一个朋友住这儿——”他眨了眨眼。

一个穿条纹围裙的侍者搬了更多美国豪华旅行装备出来。

老爹魂不守舍地站在那儿，看着这些东西被放进一辆来自戴姆勒汽车出租公司的轿车里，同时努力回忆着他对拉迪斯拉斯·马利诺斯基的了解。一个冒冒失失的家伙——据说与某个小有名气的女人有点关系——她叫什么名字来着？他盯着一只漂亮的行李箱，打算转身走开的时候又改变了主意，再次走进旅馆。

他走向柜台向戈林奇小姐索取登记簿。戈林奇小姐正忙着应付离店的美国人，她把本子从柜台上向他推过去。他翻看着登记簿。

塞利娜·哈茨夫人，小农舍，梅里菲尔德，汉茨；

亨尼西·金夫妇，埃尔德伯里斯，埃塞克斯郡；

约翰·伍德斯托克爵士，博蒙特克雷森五号，切尔滕纳姆；

塞奇威克夫人，赫斯汀豪斯，诺森伯兰郡；

埃尔默·卡伯特夫妇，康涅狄格州；

拉德利将军，格林十四号，奇切斯特；

伍尔默·皮克金顿夫妇，马布尔黑德，康涅狄格州；

博维尔伯爵夫人，松柏庄园，圣日耳曼昂莱；

简·马普尔小姐，圣玛丽米德，马奇贝勒姆；

勒斯科姆上校，小格林，萨福克郡；

卡彭特太太；尊贵的艾尔维拉·布莱克；

彭尼法瑟教士，教堂街，查德敏斯特；

霍尔丁太太、霍尔丁先生、奥德丽·霍尔丁小姐，马诺尔豪斯，卡曼顿；

拉伊斯维尔夫妇，瓦利福治，宾夕法尼亚州；

巴恩斯特普尔公爵，杜恩城堡，北德文郡……

在伯特伦旅馆住过的人中他们是典型代表。他们形成了，他想道，一种模版……

他合上登记簿的时候，前面有一页上的一个名字吸引了他的视线：威廉·勒德格罗夫爵士。

法官勒德格罗夫先生，一个见习警察曾在一次银行抢劫案的现场附近看到他。法官勒德格罗夫先生、彭尼法瑟教士，他们都是伯特伦旅馆的主顾……

“我希望您对您的茶感到满意，先生？”亨利站在他身旁。他说话的神态彬彬有礼，还带有一点完美主人所特有的忧虑。

“这是我几年来喝到的最好的茶。”总警督戴维说。

他想起还没付账。他正打算付账时，亨利抬手阻止了。

“哦，不用，先生。我被告知您的茶钱是记在旅馆的账上的。这是汉弗莱斯先生吩咐的。”

亨利走开了。老爹犹豫着不知道他刚才是不是该给亨利一份小费。想到亨利比他更清楚地知道这个社交问题的答案，他就觉得很纠结。

他在大街上走了一会儿，突然停了下来。他取出笔记本，写下一个名字和地址——得抓紧时间。他走进电话亭，决定坚持到底，不论前路有多困难，他打算凭直觉把这一切查个水落石出。

第十六章

使彭尼法瑟教士焦虑不安的是那个衣柜。他在完全醒过来之前就感到不安，接着他便忘了这事，又睡着了。但当他再次睁开双眼的时候，这衣柜仍然待在不合适的地方。他朝左侧躺着，面向窗户，衣柜应该是挨着他和窗户之间的左墙。但它不是，而是挨着右墙。这让他感到不安。这使他如此不安以至于他都觉得累了。他意识到头疼得厉害，而雪上加霜的是，衣柜又放得不是地方。这时，他的双眼又合上了。

当他又一次醒来的时候，屋里亮堂多了。但不是大白天的光线，只是清晨微弱的亮光。“哎呀，”彭尼法瑟教士心想，突然解决了衣柜难题，“看我多傻！肯定的，我不是在自己家里。”

他小心地动了动，不，这不是他自己的床。他不在家里。他在——他在哪儿？哦，当然，他去了伦敦，不是吗？他住在伯特伦旅馆——哦，不对，他也不是在伯特伦旅馆。在伯特伦旅馆，他的床是面向窗户的，那么他也没在伯特伦旅馆。

“唉，我在哪儿呢？”彭尼法瑟教士说。

接着他想起来，他是要去卢塞恩的。“肯定，”他心想，“我是在卢塞恩。”他开始思考他将要在会上宣读的论文。他没想多久。思考论文使他感到头疼，于是他又睡着了。

再次醒来时，他的大脑清醒多了，而且房间里的光线也更足。他不是在家里，也不是在伯特伦旅馆，他还确信他不是在卢塞恩。这根本就不是旅馆的房间。他仔细地打量着。这是个完全陌生的房间，屋子里几乎没什么家具。一只橱柜（他开始当成了衣柜）和一扇窗，光线透过窗上挂着的花窗帘照进来。一把椅子，一张桌子，以及一张抽屉柜。事实上，就这么些东西。

“天哪，”彭尼法瑟教士说，“这太奇怪了，我在哪儿呢？”

他打算起身，但当他从床上坐起来的时候，他的头疼又发作了，于是他便躺了下去。

“我肯定是病了，”彭尼法瑟教士这样总结道，“对，我绝对是病了。”他想了一两分钟后又对自己说：“事实上，我想我的病还没好。也许是……流感？”人们常说，流感来得非常突然。可能，也许是在“雅典娜神庙”吃晚餐的时候被传染的。对，是这样的。他想起来他在“雅典娜神庙”吃过晚餐。

房子里有人走动的声音。也许他被送到了一家私人小医院。可是不对，他并不觉得这是一家医院。随着光线的增强，他发现这是一间相当破旧、装修很差的小卧室。房子内走动的声音还在继续。楼下有个声音叫道：“再见，宝贝儿。晚上吃香肠和土豆泥。”

彭尼法瑟教士思考了一下，香肠和土豆泥，这些词竟有一点诱惑力。

“我想，”他心里说，“我是饿了。”

房门开了，一位中年妇女进来，她径直走到窗前，把窗帘拉开一些，然后面朝床转过身来。

“啊，您醒了，”她说，“现在感觉如何？”

“说真的，”彭尼法瑟教士无力地说，“我也不大清楚。”

“啊，我想是这样。要知道，您之前的情况非常不妙。医生说，您让什么给撞成了严重脑震荡。这些开车的，他们把您撞倒之后甚至都没有停车。”

“我出事故了？”彭尼法瑟教士问道，“交通事故？”

“对，”中年妇女说，“我们在回家路上发现了您，开始还以为您喝醉了呢。”想到这里她欢快地咯咯笑了起来，“我丈夫说他最好去看看，可能是出了事故。尽管现场没有一点酒精的气味，也没有一点血迹，您却像木头一样躺在那儿。于是我丈夫说‘我们不能让他就这样躺在那里’，便把您背到这里来了。您现在明白了吗？”

“啊，”彭尼法瑟教士虚弱地说，从某种程度上来说，这些叙述让他更加虚弱了，“真是位好心人。”

“见您是个教士，我丈夫说‘让人非常敬佩’。然后他说最好别去报警，因为身为教士，您可能不喜欢那样做。也就是说，尽管没有酒精的气味，但万一您真的是因为醉酒而出事的话报警就不太好了。然后我们想到可以请斯托克斯医生来看看你。尽管他已经被除名，但我们依然叫他斯托克斯医生。他是个非常好的人，当然，他因为被除名而有些痛苦。实际上他只是出于好心，帮了许多姑娘的倒忙。没有他的帮助，这些姑娘的生活也会一样糟糕。不管怎样，他是个相当好的医生，我们就请他来给您看了看。他说您并没有什么皮外伤，只是轻度的脑震荡。我们要做的就是让你在一间没有光线的房间里平躺着。‘注意，’他说，‘我不是想发表什么见解，我说的这些都是非正式的，我不能开处方或者说些什么。但公正地说，我想你们应该向警察报告这件事，但要是你们不想，那就算了吧。’这是他的原话：‘给这个可怜的老怪物一次机会吧。’原谅我说了不礼貌的话，这位医生是位粗鲁却热心的人，没错。现在喝点汤怎么样？或者面包和热牛奶？”

“都可以，”彭尼法瑟虚弱地说，“都很好。”

他靠到枕头上。事故？就是那样。出了事故，可他却一点都想不起来！过了几分钟，好心的女人用托盘端着一只冒着热气的碗回来了。

“喝完这个您会感觉好一些的，”她说，“我原本想往里头放点威士忌或者白兰地，但医生说您不能喝这样的东西。”

“当然不能，”彭尼法瑟说，“脑震荡是不能喝这些东西的，不能。这样肯定是不可取的。”

“我在您背后再放个枕头好吗，宝贝儿？这样感觉怎样？”

对于被人称作“宝贝儿”，彭尼法瑟有点吃惊。他说服自己，这个含义是友好的。

“把你垫得高高的，”女人说，“就是这样。”

“好的，可是我们在哪儿？”他说，“我的意思是，我在哪儿？这是什么地方？”

“米尔顿圣约翰。”女人说，“您知道吗？”

“米尔顿圣约翰？”彭尼法瑟说，他摇了摇头：“我以前从未听说过这个地名。”

“噢，这不能算是一个地名，只是个小村庄。”

“您真是太好了，”他说，“我可以问一下您的姓名吗？”

“惠灵太太，埃玛·惠灵。”

“您真是好心，”他又说，“但发生了这样的意外，我根本想不起……”

“别再琢磨那件事了，亲爱的，您会感觉好起来的，到那时也就能恢复记忆了。”

“米尔顿圣约翰，”彭尼法瑟自言自语，语调中带着惊奇，“我对这名字毫无印象。真是奇怪极了！”

第十七章

罗纳德·格罗夫斯长官在他的吸墨纸上画了只猫。他看了看坐在他对面高大肥胖的总警督戴维，又画了只牛头犬。

“拉迪斯拉斯·马利诺斯基？”他说，“有可能。有任何证据吗？”

“没有。但他符合描述，不是吗？”

“一个胆大妄为的人，不知道紧张为何物。曾经的世界冠军，一年前严重撞伤。在女人方面名声很坏，收入来源可疑。在国内外花钱大手大脚。经常往来于这里和欧洲大陆之间。你认为他是这些有组织的抢劫案的幕后操纵者吗？”

“我并不认为他是组织者。但我想他是和他们一伙的。”

“为什么？”

“一方面，他开着一辆奥托轿车，赛车型号。邮车抢劫案发生的那天早晨有人在贝德汉普顿附近也看到了一辆这样的车。车牌不同——不过我们已习惯了这种情况。同样是一辆引人注意的车，但也有不同：FAN2299 而不是 2266。没多少人开这种型号的奔驰。塞奇威克夫人和年轻的梅里维尔勋爵各有一辆。”

“你不认为马利诺斯基是故意这样让人看的？”

“不，我觉得上面有比他聪明的人，但他肯定涉嫌。我把以前的卷宗又仔细研究了一下，拿发生在中部平原和伦敦西部的拦路抢劫案为例吧：三辆客货两用车碰巧——只是碰巧——阻塞了那条街道。现场的一辆奥托轿车借此机会跑得远远的。”

“它后来又给截住了。”

“对。经过检查，也没发现什么问题。尤其是目击者对正确的车牌号也没把握。我们得到的消息是 FAM3366——马利诺斯基的登记号码为 FAN2266——又是完全相同的一幕。”

“你执意要从伯特伦旅馆开始调查此事，他们为你搞到了一些关于伯特伦的材料……”

老爹拍了拍他的衣兜。

“都在这儿呢：合法注册的公司；收支，已缴清的全部费用；董事，之类、之类、等等。没有任何意义！这些财务报告都是一样的——只不过是一大群咬来咬去的蛇而已！公司，经营公司——把人的脑袋都给弄糊涂了！”

“得了吧，老爹。伦敦的公司都是这样经营的。它和税收有——”

“我要的是真正可靠的情报。如果您给我写张条子的话，长官，我想去见一个大人物。”

警察厅长助理瞪眼看着他。

“你说大人物到底是什么意思？”

老爹说出一个名字。

警察厅长助理看上去有些不安：“我不知道。我觉得我们几乎很少接近他。”

“他可能会非常有帮助。”

沉默。两人都相互看着对方。老爹看上去迟钝、平和而有耐心。警察厅长助理让步了。

“你真是个倔强的老家伙，弗雷德，”他说，“照你的方法去做吧。去打扰那些欧洲国际资本家身后的精英吧。”

“他会知道的，”总警督戴维说，“他会知道的。要是不知道，他只要按一下办公桌上的按钮或者打一个电话就能找出来。”

“我不知道他是不是乐意。”

“他很可能不是很乐意，”老爹说，“但不会花他太多的时间。而且我背后有强有力的支持者。”

“你对这个地方——伯特伦旅馆，是真的想认真查吗？可是你还想了解什么呢？它运行良好，它的客户都是些备受尊敬的人——也没触犯酒类售卖的法律。”

“我知道，我知道。没有酒，没有毒品，没有赌博，没有为犯罪分子提供住宿。纯洁如雪。没有嬉皮士，没有暴徒，没有少年犯；有的只是稳重的维多利亚爱德华时代的老妇人、名门望族，还有来自波士顿及美国其他更值得尊敬的地方的游客。尽管如此，还是有人看见受人尊敬的彭尼法瑟教士于早上三点有些鬼鬼祟祟地离开……”

“谁看到的？”

“一位老妇人。”

“她是怎么看见他的，她那时为什么不在床上睡觉呢？”

“上了年纪的妇女都那样，长官。”

“你不是在说——他叫什么——彭尼法瑟教士吧？”

“是的，长官。有人报案说他失踪了，坎贝尔正在调查。”

“有趣的巧合——他的名字正好和贝德汉普顿的邮车抢劫案联系在一起。”

“真的吗？是怎样的联系呢，长官？”

“另一个老年妇女——或者是中年妇女。当火车被做了手脚的信号灯截停时，很多人都醒过来向过道里张望。这个妇女——她住在查德敏斯特，曾经见过彭尼法瑟教士——说她看到他从一扇门进了火车。她以为他出去看出了什么事又回来了。因为他被报失踪，我们打算做进一步的调查……”

“我们想一想……火车早上五点半被拦截，彭尼法瑟教士三点没过多久便离开伯特伦旅馆。没错，这是可以办到的，要是他坐车去的话——比如说——坐一辆赛车……”

“这样我们又回到拉迪斯拉斯·马利诺斯基身上了！”

警察厅长助理看着他在便签上的涂鸦：“你真是条牛头犬，弗雷德。”他说。

半小时之后，总警督戴维走进一间安静却很破旧的办公室。

坐在办公桌后的大个子男人站起来，伸出一只手。

“总警督戴维吗？请坐，”他说，“想抽根烟吗？”

总警督戴维摇了摇头。

“我很抱歉，”他用他那低沉得犹如乡村农夫的声音说道，“浪费了您的宝贵时间。”

罗宾逊先生笑了笑。他长得很胖，但穿着得体，脸色蜡黄，长着一双忧郁的黑眼睛和一张巨大的嘴。他笑起来的时候常常露出白色的大牙。“这大牙吃东西倒不错。”总警督戴维毫不相关地想道。他的英语说得极好，而且没有口音，他却不是英国人。老爹像其他在罗宾逊先生面前感到奇怪的人一样疑惑，这位先生真正的国籍是什么？

“嗯，我有什么能帮您的吗？”

“我想知道，”总警督戴维说，“伯特伦旅馆的主人是谁？”

罗宾逊先生脸上的表情没有变化，当他听到这个名字时脸上既没有惊讶也没有赞赏。他若有所思地说：

“您想知道谁拥有伯特伦旅馆。就是在皮卡迪利那边，庞德大街上的那家。”

“没错，先生。”

“我有的时候还会去那里小住。一个很安静的地方，经营得不错。”

“是的，”老爹说，“经营得特别出色。”

“您想知道是谁拥有它？这肯定很容易查出来。”

他的微笑后面带有些许讽刺。

“您是指通过正常渠道？嗯，是的，没错。”老爹从兜里掏出一小张纸，念出三四个姓名和地址。

“我明白了，”罗宾逊先生说，“有人费了很大的气力。有趣。于是您就来找我了？”

“要是有人能知道的话，那这个人一定是您，先生。”

“事实上我不知道。但我确实有办法获取情报。人们都有——”他耸了耸他那宽阔厚实的肩膀，“人们都有提供情报的人。”

“是的，先生。”老爹表情冷漠地说。

罗宾逊先生看看他，然后拿起桌上的电话。

“索妮亚，给我接通卡洛斯。”他等了一两分钟又接着问道，“卡洛斯吗？”他用外语很快地说了五六句话。老爹甚至不能辨认出这是哪种语言。

老爹能用不错的英式法语进行交谈，对意大利语一知半解，一般游客说的德语他也能连蒙带猜地弄明白。虽听不懂，但他能从发音辨认出西班牙语、俄语，还有阿拉伯语。这种语言不是以上语言中的任何一种。他大胆地猜测这可能是土耳其语、波斯语，或者亚美尼亚语，但即使这样，他也一点都不能肯定。罗宾逊先生放下了话筒。

“我觉得，”他愉快地说，“我们不会等太久的。要知道，我也有兴趣，非常感兴趣，有时我也觉得奇怪——”

老爹看上去有些疑惑。

“关于伯特伦旅馆，”罗宾逊先生说，“财务上，人们都好奇它是如何运作的。不过，它和我从来都没有任何关系。人们欣赏这样——”他耸耸肩，“舒适而且员工也都有非凡才能的旅馆……是的，我觉得奇怪。”他看着老爹，“您知道我觉得它哪里奇怪，又为何奇怪吗？”

“还不知道，”老爹说，“但我想知道。”

“有几种可能性，”罗宾逊先生说，沉思着，“要知道，这就像音乐。八音度包含的音符有限，但人们能……怎么说呢……以几百万种不同的方式把它们组合起来。有次一位音乐家对我说，你不能两次得到完全一样的旋律。非常有意思。”

桌上响起轻微的铃声，他再次拿起话筒。

“喂？是的，你真及时。我很高兴。我知道了。哦！阿姆斯特丹，好……啊……谢谢你……好的。你拼一下好吗？很好。”

他在手边的便条簿上飞快地写起来。

“我希望这对您会有所帮助。”他一边说，一边把那张纸撕下来，递过桌子交给老爹。老爹把上面的名字大声地念出来：“威廉·霍夫曼。”

“瑞士人，”罗宾逊先生说，“但我觉得，那并不是他的出生地。

他在银行界很有影响，尽管一直遵纪守法，但他有很多——可疑的交易记录。他只在欧洲大陆工作，而不是在这个国家。”

“噢。”

“但他有个兄弟，”罗宾逊先生说，“罗伯特·霍夫曼。住在伦敦，是一位钻石商人——很愉快的行业，他的妻子是荷兰人，他在阿姆斯特丹也有办事处。你们的人应该知道他。就像我说的，他的主业是钻石，并且非常富有，拥有许多财产，通常都没归到自己名下。对，他控制着大量的企业。他和他的兄长是伯特伦旅馆真正的所有者。”

“谢谢您，先生，”总警督戴维站起身来，“我想我无法用语言表达我的感谢。真是太好了。”他又说道，带着超乎寻常的热诚。

“感谢我查到所有者是谁吗？”罗宾逊先生问道，露出一个更加灿烂的微笑，“这不过是我的专业之一。情报。我喜欢了解情况，这是您来找我的原因，不是吗？”

“嗯，”总警督戴维说，“我们的确知道您。内务部、特务处，等等。”他几乎有点儿天真地补充道：“我来您这儿还真有些紧张。”

罗宾逊先生又笑了。

“我发现您这个人很有意思，总警督戴维。”他说，“不管您在调查什么，我都希望您能成功。”

“谢谢您，先生。您的祝福对我来说很有必要。顺便问一下，您认为这对兄弟是凶暴的人吗？”

“当然不是，”罗宾逊先生说，“那和他们的准则背道而驰。霍夫曼兄弟在生意中并不使用暴力。他们有其他的办法能更好地达到目的。我想，或者说我来自瑞士银行界的情报是这么说的：他们的财富正在年复一年地稳定增长。”

“瑞士，那真是个有用的地方。”总警督戴维说。

“对，的确是。我不知道没有它我们都该怎么办！多么的正直诚实，有着多好的商业意识！是的，我们这些生意人肯定都对瑞士心怀感激。我本人，”他补充道，“对阿姆斯特丹评价也颇高。”他认真地看着戴维，然后又笑了笑，接着总警督告辞了。

回到总部之后，他看到了一张留给他的便条。

> 彭尼法瑟教士出现了——无性命之忧，但很难说平安无事。看样子他在米尔顿圣约翰让汽车给撞成了脑震荡。

第十八章

彭尼法瑟教士看着总警督戴维和坎贝尔警督，总警督戴维和坎贝尔警督也看着他。他又回到了自己的家里，坐在书房里的一张大扶手椅上，头下枕着个枕头，双脚放在坐垫上，膝上搭着条厚毛毯，看起来有种病人般的虚弱。

“恐怕，”他客气地说道，“我想不起任何事情。”

“您想不起是如何被车撞上的？”

“很抱歉，真的想不起来。”

“那么您怎么知道是被车撞的？”坎贝尔警督大声发问。

“那里的一位女士，名叫——是叫惠灵太太吗——告诉我的。”

“她是怎么知道的？”

彭尼法瑟教士看上去很困惑。

“哎呀，您说得对呀。她不可能知道，不是吗？我想是她以为事情肯定是这样发生的。”

“您真的什么都想不起来了吗？您是怎么到米尔顿圣约翰的？”

“我不知道，”彭尼法瑟教士说，“连这名字我都觉得非常陌生。”

坎贝尔警督越来越恼怒，但总警督戴维用安慰的语气，仿佛拉家常似的说：

“只要再跟我们说说最后一件您记得的事就可以了，先生。”

彭尼法瑟教士扭头看着他，松了一口气。警督冷淡无情的怀疑态度使他如坐针毡。

“我打算去卢塞恩参加一个会议。我坐出租车去机场——至少到了肯辛顿机场。”

“嗯，然后呢？”

“就这些。其他的我就记不得了。下一件我想得起来的就是那衣柜。”

“什么衣柜？”坎贝尔警督问道。

“那个摆放位置不恰当的衣柜。”

坎贝尔警督打算就这个放错地方的衣柜继续刨根问底，总警督戴维打断了他。

“您记得您到了机场吗，先生？”

“我想我去过。”彭尼法瑟教士说，但好像也不是很确定。

“于是您按时飞往了卢塞恩。”

“是吗？就算如此我也不记得了。”

“您记得那天晚上您又回到了伯特伦旅馆吗？”

“不。”

“您肯定记得伯特伦旅馆？”

“当然。我住在那儿，非常舒适。我保留了我的房间。”

“您记得坐火车旅行过吗？”

“火车？不，我想不起火车。”

“发生了一起抢劫案。那辆车被抢劫了。没错，彭尼法瑟教士，您肯定能想起这些。”

“我应该想起这些吗？”彭尼法瑟教士说，“但是不知为什么——”他带着歉意说，“我想不起来。”他带着平静而温和的微笑打量着这两位警察。

“所以说，您的意思是您从打车去机场开始就什么都不记得了，直到在米尔顿圣约翰的惠灵农舍醒过来？”

“这事儿很普通，”教士言语中满是自信，“要是得了脑震荡，这种情况经常发生。”

“当您醒过来的时候，您觉得是发生了什么事情呢？”

“我头疼得厉害，几乎不能思考。接着，我当然想知道我是在哪儿，于是惠灵太太向我做了番解释，并且还给我端来了些不错的汤。她叫我‘亲爱的’、‘可人儿’还有‘宝贝儿’，”教士有点不悦地说，“但她非常好心。的确非常好。”

“她本该向警察汇报这起事故，这样您就能被送进医院得到合适的照护。”坎贝尔说。

“她把我照顾得非常好，”教士反驳道，情绪有些激动，“而且我知道对于脑震荡，除了让病人保持安静之外，其他什么也做不了。”

“要是您想起任何别的事情的话，彭尼法瑟教士——”

教士打断了他的话。

“我好像从我的生命中丢失了整整四天，”他说，“非常奇怪，真的奇怪极了，我非常想知道我去了哪儿，做了些什么。医生说我可能会想起来，但是也可能不会。我可能永远都不会知道我那几天都发生了什么事。”他的眼皮颤动了几下，“请原谅，我太累了。”

“你们谈得够多了。”麦克雷太太说，她一直在门边踱步，时刻准备在她觉得需要的时候进去打断他们的谈话。她向他们走去："医生说不能让他操心。"她斩钉截铁地说。

两位警察站起身向房门走去。麦克雷像只认真负责的牧羊犬一样把他们引向外面的大厅。教士嘟哝着说了点什么，最后一个穿过房门的总警督戴维当即转过身来。

"您说什么？"他问，但此时教士的眼睛已经闭上了。

"您听到他说什么了吗？"坎贝尔问，此时他们已经谢绝了麦克雷太太毫不热心的茶点邀请，离开了教士的家。

老爹若有所思地说：

"我想他是说'耶利哥之墙'。"

"他说这个是什么意思？"

"听起来像是《圣经》里的故事。"老爹说道。

"您觉得我们能弄明白，"坎贝尔说道，"那个老家伙是怎么从克伦威尔到米尔顿圣约翰的吗？"

"看起来想从他那儿找到原因是不太可能了。"戴维附和道。

"在抢劫案中声称自己看到他的那位女士有没有可能看走眼呢？她是不是把教士跟那些劫匪搞混淆了？这事儿看起来不太可能。他是一个多么受人尊敬的老家伙啊。有谁会把一位查德敏斯特的教士跟一个火车劫匪搞混呢？"

"不会。"老爹若有所思地说，"不会的。也没有人会觉得法官勒德格罗夫先生会卷入一宗银行抢劫案。"

警督坎贝尔饶有趣味地盯着他的上司。

这次拜访以与斯托克斯医生的一段简短且没什么实际作用的对话结束了。

"我认识惠灵夫妇很久了，他们一直以来都是我的邻居。他们确实捡了这样一个不知道是醉了还是病了的老家伙回家，然后让我去他们家帮忙看看情况。我告诉他们他不是醉了，而是脑震荡——”

“然后您就给他治疗了。”

“完全没有，我没有治疗，或者给他开药，或者照顾他。我以前是医生，但现在不是。我告诉那对夫妇他们应该报警。但我不知道他们是不是照做了，那可不关我的事。他们有点蠢，夫妻俩都有点，但都是好人。”

“您自己就没有想过要报警吗？”

“不，没有。我又不是医生，跟我毫无关系。出于人道主义考虑，我告诉他们不要给他喝威士忌，让他平躺，保持周围环境安静，就这样等警察来就好。”

他怒目圆睁地盯着两位警督，于是两人只得不情愿地离开了。

第十九章

霍夫曼先生身材魁梧、看起来很结实。他看起来就像是用木头——很可能是柚木——雕刻出来的。

他的脸上毫无表情，以至于让人思忖：这样的人能进行思考，能有感情吗？看起来不太可能。

他的举止极其合乎礼节。

他起身，弯腰，然后伸出一只楔子样的手。

"总警督戴维？我多年前曾有幸与您有过一面之缘，您可能都不记得了……"

"哦，我当然记得，霍夫曼先生。亚伦堡钻石案。你是法庭的证人——非常出色的证人，请允许我这样说。辩护律师根本不能动摇您。"

"我是不容易动摇的。"霍夫曼先生沉着脸说。

他就长了一张不会被轻易动摇的脸。

"我能为您效劳吗？"他接着说道，"我希望没什么麻烦——我很乐意与警察密切合作。我对你们这些出色的警察深感钦佩。”

“噢！没什么麻烦。我们只是想求证一点信息。”

“我将非常高兴尽我所能为您提供帮助。正如我所说的，我对你们伦敦警察机构非常欣赏。你们有这么一群了不起的人，如此赤忱，如此正直，如此公正。”

“您过誉了。”老爹说。

“我听从您的吩咐。您想知道的是什么？”

“我只打算请您提供一点关于伯特伦旅馆的信息。”

霍夫曼先生的脸色没有变化。可能有那么一会儿他的态度变得更加生硬了——但也就那么一小会儿。

“伯特伦旅馆？”他说。声音里透着不解，有些迷惑。好像他从未听说过伯特伦旅馆或者记不清他是否知道伯特伦旅馆一样。

“您与它有点联系，是吗，霍夫曼先生？”

霍夫曼先生的肩膀动了动。

“我有很多很多的事情，”他说，“无法一一记住。许多生意事务——很多，这使我非常繁忙。”

“您在很多方面都有涉足，我知道这点。”

“是的，”霍夫曼先生僵硬地笑笑，“我的摊子铺得很大，您是这样认为的吗？所以您认为我和这——伯特伦旅馆有联系？”

“我不该说有联系。实际上，您是它的拥有者，是吗？”老爹和气地说。

这一次，霍夫曼先生真正地怔住了。

“您能告诉我是谁告诉您的吗？”他轻声说。

“这么说，这是真的了，对吗？”总警督戴维高兴地说，“我敢说那真是个不错的地方。说真的，您肯定为它感到自豪。”

“哦，是的，”霍夫曼说，“一开始……我都不太能想起来……您要知道——”他厌恶地笑了笑，“我在伦敦拥有许多房地产。房地产是种不错的投资。如果有什么新地盘进入市场，只要我觉得位置不错，而且有机会以低廉的价格买下来，我就会出手。”

“伯特伦旅馆那时便宜吗？”

“作为一家经营公司，它那时在走下坡路。”霍夫曼先生摇着头说。

“嗯，它现在又兴旺起来了，”老爹说，“就在几天前我还去过那里。我深深地被那里的气氛打动了。有教养的顾客、舒适的旧式房屋，周围环境幽雅，看上去朴素大方，实际却富丽豪华。”

“就个人而言，我对它了解甚少，”霍夫曼先生解释说，“它只是我的投资之一，但我相信它经营得不错。”

“是的，您好像有一个一流的伙计在经营它。他叫什么名字来着？汉弗莱斯？对，汉弗莱斯。”

“非常出色，”霍夫曼先生说，“我让他掌控全局。我只是每年看一下资产负债表以确保一切运行良好。”

“那地方住的都是有头有脸的人物，”老爹说，“和富有的美国游客。”他摇了摇头，仿佛还沉浸在回忆中，“绝妙的组合。”

“您说您几天前去过那里？”霍夫曼先生问道，“我希望不是——因为公事？”

“没什么太大的事情。只是想解开一个谜。”

“一个谜？在伯特伦旅馆里？”

“似乎是这样的。教士失踪案，您可以这样称呼它。”

“您在开玩笑吧，”霍夫曼先生说，“那是你们的歇洛克·福尔摩斯术语。”

“这位教士一天傍晚走出那个地方后就再也没人见到过他。”

“真是太奇特了，”霍夫曼先生说，“但这样的事情的确发生过。我记得很多很多年以前的一条轰动性新闻：一位上校——让我想想他的名字——我想是弗格林上校，玛丽女王的侍从，一天晚上从他的俱乐部里走出后，也是再也没人见过他。”

“当然，”老爹叹了口气说，“许多这样的失踪都是自愿的。”

“关于这点您知道得比我多，亲爱的总警督先生。”霍夫曼先生说。他补充道：“我希望在伯特伦旅馆里他们给了您一切可能的帮助。”

“他们对我真是太周到了，”老爹让他放心，“那个戈林奇小姐，她在您身边有一段时间了，我想是这样的吧？”

“可能是。我对伯特伦旅馆真是不大了解。您知道，我个人对它不感兴趣。实际上——”他露出一个释然的微笑，“您居然能知道它属于我这让我很吃惊。”

这并不算提问，但他的眼里再次露出不安。老爹注意到了这点，但他没有表现出来。

“遍布在城市里的那些纵横交错的分支机构就像一张巨大的拼图游戏，”他说，“如果要一件件理顺，这会让我很头疼。我收到消息说一家公司——五月花股权信托公司之类的名字——是旅馆的注册所有者，而它们又为另外一个公司所有，等等。然而归根结底，事实就是它属于您。就这么简单。我的信息没有错，不是吗？”

“我和我的董事伙伴们是——恕我冒昧——是您所谓的幕后操纵者，是的。”霍夫曼先生很不情愿地承认道。

“您的董事伙伴们，他们是谁？您自己和，我想，您的一个兄弟？”

“我兄弟威廉在这宗投资上同我有联系。您应该认识到伯特伦旅馆只是我们一系列各种各样的宾馆、写字楼、俱乐部以及其他伦敦房地产中的一部分。”

“还有其他董事吗？”

“庞弗雷特阁下，艾贝尔·艾萨克斯坦。”霍夫曼的语气突变，“您真的要了解这全部的事情吗？就为了调查那桩教士失踪案？”

老爹摇摇头，满脸歉意。

“我只是出于好奇。我为了寻找失踪的教士去了伯特伦，可是很快我就——嗯，要是您能理解我的意思的话——觉得它很有趣。有时一件事情会牵涉到另一件事情，对吗？”

“我想可能是这样的，是的，现在，”他笑了笑，“您的好奇心得到满足了吗？”

“想要了解情况，最快的方法就是直接找到问题的关键。不是吗？”老爹和气地说。他站起来：“我还有最后一件确实想知道的事——但是我想您不会告诉我的。”

“是什么，总警督先生？”霍夫曼谨慎地问道。

“伯特伦是从哪里找来那些职员的？真是棒极了！那个——叫什么名字来着——亨利，是个看上去像个大公或者大主教的人，我不知道更像哪一种。尽管如此，他却为你端茶水和松饼——绝好的松饼！真是一次难忘的经历。”

“您喜欢放很多黄油的松饼，对吗？”霍夫曼先生挑剔的目光在老爹圆胖的身子上停留了一会儿。

“我想您能看得出来我的确喜欢，”老爹说，“好了，我不耽误您的时间了。我想您肯定正忙于投标、竞标，或这一类的事情。”

“啊，您装作对这些事情毫无了解真是太谦虚了。不，我不忙。我不太让生意过多地占用我的注意力，我的品位很简单。我生活简单，有闲暇的时间我喜欢种玫瑰，我和家人住在一起，我很爱他们。”

“听起来真是理想的生活，”老爹说，“希望我也能过这样的生活。”

霍夫曼先生笑了笑，然后笨拙地站起来同他握手。

“希望您很快就能找到失踪的教士。”

“哦！那没问题。很抱歉我没把意思表达清楚，他已经找到了——真的是失踪案：让汽车给撞了，得了脑震荡——就那么简单。”

老爹走到门边，又转身问道：

“顺便问一下，塞奇威克夫人是您公司的董事吗？”

“塞奇威克夫人？”霍夫曼想了一会儿，“不是。您为什么会说她是呢？”

“嗯，听说的——只是个股东？”

“我……是的。”

“好吧，再见，霍夫曼先生。非常感谢您。”

老爹回到警察局后直接去找警察厅长助理。

“霍夫曼兄弟俩是操纵伯特伦旅馆的人——从财务上。”

“什么？那两个无赖？”罗纳德长官问道。

“对。”

“他们做得非常隐蔽。”

“是的，罗伯特·霍夫曼一点都不喜欢我们发现这点。他当时很震惊。”

“你说了些什么？”

“哦，我们的聊天自始至终都非常正式，而且客气。他试图——不是很明显——想探出我是怎么知道的。”

“我想，你可没有给他这个机会。”

“我当然没有。”

“你为去见他找了什么样的借口？”

“我什么也没说。”老爹说。

“他不觉得这有点奇怪吗？”

“我想是的。总体来说，我觉得那样套他的话倒不失为一个好办法，长官。”

“要是霍夫曼兄弟操纵这一切，那就能说明很多问题。他们自己从不牵扯进任何卑鄙的事情——不会的！他们不组织犯罪——但他们提供经费！”

“威廉在瑞士那边负责银行结算，他操纵着战后的那些外汇讹诈。我们知道这点，但找不到证据。这对兄弟掌握着大量的金钱，他们用这些钱来支持各种各样的生意——有些是合法的，而有些不是。但他们非常小心，他们精通这行当里所有的伎俩。罗伯特的钻石买卖就很能说明这点，但这勾画出一幅暗示性的图景：钻石、存款利息，还有房地产——俱乐部、文化建筑物、办公楼、酒楼、宾馆——这些明显都是为他人所有的。”

“你认为霍夫曼是这些有组织抢劫的策划者吗？”

“不，我认为这两人只处理财务上的事。不，我们必须到别的地方去寻找策划者。那个绝顶聪明的人正在某处工作。”

第二十章

1

那天晚上大雾突然降临伦敦。总警督戴维竖起外套领子走进庞德大街。他若有所思地慢慢走着，看上去并不像有什么特别的目的，但任何了解他的人都会意识到他的大脑是完全警觉的，他正在潜伏，就像猫在扑向猎物之前那样潜伏着。

今晚庞德大街非常安静，没什么车。开始的时候雾还是一片一片的，有一阵几乎快要散去，接着又加深了。从帕克街上传来的车辆噪声慢慢消失了，只能听到郊区偏僻公路上的声音。大部分公共汽车都停开了。只时不时地有私人轿车仍以坚决的乐观态度继续赶路。总警督戴维拐上一条小路，走到尽头又返回：他再次拐弯，好似漫无目的般地先走这条路，接着又走上另一条。但他不是没有目的。实际上，他这样猫一般的潜行却是绕着一个特定的建筑物在兜圈子——伯特伦旅馆。他正在仔细地查看它的东边有什么，西边有什么，南边有什么，北边有什么。他检查着停在人行道旁和小路上的车辆，仔细地查看着整条街道。有一辆车格外引起了他的注意，于是他停了下来，撅起嘴轻声说："啊，你又在这儿了，美人儿。"他查看一下车号，点点头。"今晚是FAN2266，是吗？"他弯下腰，用手指小心地摸着车牌，然后赞赏地点点头。"他们做这个的手艺倒不错。"他低声说。

他继续前行，从街道的另一端出去，向右拐，接着再右拐，便又一次出现在庞德大街上，距伯特伦旅馆的大门五十码。又一次，他停了下来，欣赏着另一辆赛车的优美线条。

"你也是个美人儿，"总警督戴维说，"你的车牌号与我上次见到你时一模一样。你的车牌号总是一样的，这点我很喜欢。而这意味着——"他停了下来，"意味着？"他嘟哝着，向上望着应该是天空的地方。"雾变得越来越重了。"他自言自语道。

伯特伦旅馆的大门外，爱尔兰门卫正站在那使劲地前后甩着胳膊，使自己暖和起来。总警督戴维上前向他问好。

"晚上好，长官。真是个讨厌的夜晚。"

"不错。我想若不是有什么非去不可的事情，今晚不会有谁想出门的。"

大门被推开了，走出一位中年女士，她迟疑地在台阶上停住了。

"想要辆出租车吗，夫人？"

"哦，天啊。我本来打算步行的。"

"如果我是您我情愿坐车，夫人。这雾非常令人讨厌。即使是坐出租车出门也不太容易。"

"你觉得你能帮我找辆出租车吗？"女士疑惑地问道。

"我将尽力而为。您现在先去里边暖和暖和，我要是叫到一辆就进去告诉您。”他的声音变了，变成一种劝说性的腔调，“除非您非去不可，夫人。若是我，今晚是根本不会出门的。”

“哦，天啊，也许你是对的。但是彻西的一些朋友还等着我去。我没什么主意。等到回来时肯定又比较麻烦，你有什么建议？”

迈克尔·戈尔曼取得了主动。

“我要是您的话，夫人，”他坚决地说，“我就进去给您的朋友打电话。像您这样的女士，在这样的大雾之夜出去并不是很明智。”

“嗯——真的——对，嗯，也许你是对的。”

她又回到旅馆里去了。

“我得照顾她们，”迈克·戈尔曼转向老爹解释说，“在此时执意出门的话，她的包会被人抢走的。晚上这个时候在大雾中出去，在彻西或西肯辛顿，或者她打算去的什么地方转来转去，都会有这个可能。”

“我想你应付上了年纪的女士非常有经验，是吗？”戴维说。

“啊，是的，的确是这样。对她们来说，这地方是另外一个家，保佑这些日渐衰老的人们吧。您呢，长官？您打算要辆出租车吗？”

“我即使要，我想你也不一定能为我找到一辆，”老爹说，“这块地方好像没多少出租车。我并不怪他们。”

“啊，不，我是能向您保证能弄到一辆的。拐角处的一个地方，通常有个出租车司机把他的车停在那儿，在那儿取暖然后喝点什么抵挡寒气。”

“出租车对我没什么用处。”老爹叹息一声说。

他伸出大拇指，指向伯特伦旅馆。

“我得到里面去。我还有工作要做。”

“真的吗？还是那失踪的教士？”

“不是。已经找到他了。”

“找到了？”这人盯着他，“在哪儿找到的？”

“出了交通事故，得了脑震荡，在外四处漂泊。”

“啊，可以想象。我想，肯定是过马路的时候没看车。”

“好像是这个原因。”老爹说。

他点点头，然后推门走进旅馆。今天晚上休息大厅里的人不是太多。他看到马普尔小姐坐在壁炉旁的一把椅子上，马普尔小姐也看到他了。然而，她并没有表现出来。他走向柜台。戈林奇小姐像往常一样坐在她的登记簿后面。看到他——他这样认为——她有点惊慌失措。虽然这个反应不是很明显，但他注意到了。

“您肯定记得我，戈林奇小姐，”他说，“我几天前来过这儿。”

“是的，我当然记得您，总警督先生。您还想知道点什么吗？您想见汉弗莱斯先生吗？”

“不，谢谢。我想没那必要。如果可以的话，我还想再看看你们的登记簿。”

“当然可以。”她把登记簿推向他。

他打开它，慢慢地一页一页地往下看。在戈林奇小姐眼里，他好像是在找一个特定目标。而事实上并不是这样。老爹年轻的时候就学会了一种技能，而到现在，这种技能已经发展为一门娴熟的艺术。他能完整无缺、像照片一样地记住姓名和地址，并且还能将这种记忆保持二十四甚至四十八个小时。他摇摇头，合上登记簿然后还给她。

“彭尼法瑟教士没有来过？”他轻声说道。

“彭尼法瑟教士？”

“您知道他已经出现了吗？”

“不知道。没有人告诉过我。他在哪儿被找到的？”

“乡下的一个地方。看起来是让汽车给撞了，并且没有向我们报告。有两个好心人把他接回家照看。”

“哦！我很高兴。是的，我真的非常高兴。我还为他担心呢。”

“他的朋友们也一度为他担心，”老爹说，“实际上，我开始是想看看现在他们中还有没有谁可能住这儿。一位副主教什么的，我现在记不得他的名字，但我看到它的时候就会想起来的。”

“汤姆林森？”戈林奇小姐说，她想提供一点帮助，“他下周从索尔兹伯里来。”

“不，不是汤姆林森。嗯，没关系的。”他转身走了。

今晚休息大厅里静悄悄的。

一个看起来像禁欲主义者的中年男子正在仔细阅读一篇字打得乱七八糟的论文，他时不时地在纸边的空白处写几句批注，字写得又小又潦草，几乎辨认不出来。每次下笔的时候，他都露出满意而又尖酸的微笑。

还有几对由于结婚多年而导致相互间没多大必要进行交谈的夫妻。时不时地有几个人因天气状况而聚集到一起，焦急地讨论他们或他们的家人打算如何去他们想去的地方。

“——我打电话请苏姗不要开车来……因为M1高速路在雾中总是那么危险——”

“据说中部平原的雾要薄一点。”

总警督戴维一边注意着他们，一边走过他们身边。他不紧不慢，看上去毫无目的似的走到他的目标跟前。

马普尔小姐正坐在壁炉附近，看着他走上前来。

“啊，您还在这儿，马普尔小姐。我很高兴。”

“我明天离开。”马普尔小姐说。

这个事实，在一定程度上，可从她的姿态中推测出来。她紧张地挺直上身坐着，就像人们坐在机场候机厅或火车站的候车室里一样。她的行李，他相信，已经打点好了，只要把卫生用品和睡衣添进去就行。

“我两星期的假期结束了。”她解释说。

“我希望您度过了一个不错的假期。”

马普尔小姐没有马上回答。

“从某种意义上说——是过得不错……”她打住了话头。

“从另一种意义上说，过得不好？”

“很难说清楚我的意思——”

“也许，您是不是太靠近火炉了？这儿太热了点。您想挪个地方吗？也许挪去那边？”

马普尔小姐看看他指的那个角落，然后看着总警督戴维。

“我想您说得很对。”她说。

他伸手扶她站起来，拿着她的手提包和书，然后让她安坐在他之前建议的安静角落里。

“这儿怎么样？”

“很好。”

“您知道我为什么提出这个建议吗？”

“您是觉得——真是太好心了——火炉边对我来说太热了。而且，”她接着说，“我们在这儿谈话不会有人听到。”

“您有什么想告诉我的吗，马普尔小姐？”

“您为什么这样认为？”

“您看上去好像有什么心事。”戴维说。

“很抱歉我表现得这么明显，”马普尔小姐说，“我并不想这样的。”

“那么，是什么事呢？”

“我不知道我是否应该这样做。我跟您保证，警督先生，我不太喜欢干涉别人的事情。我反对干涉他人的事务。尽管通常都出自好心，但容易产生极坏的影响。”

“确实如此，不是吗？我能理解。是的，对您来说这真是个难题。”

“有时候您会看到人们做些在您看来是不明智、甚至是危险的事情。但是您有权干涉吗？我想通常是没有的。”

“您说的是彭尼法瑟教士吗？”

“彭尼法瑟教士？”马普尔小姐听上去非常吃惊，“哦，不是的。哎呀不是的，与他没有一点关系。和一个姑娘有关。”

“一个姑娘，真的吗？您认为我能帮上忙吗？”

“我不知道，”马普尔小姐说，“我一点都不知道。但是我担心，非常担心。”

老爹没有逼迫她。他坐在那儿，看上去硕大、舒适而且相当愚笨。他让她感觉从容一些。她曾愿意尽她所能帮助他，而他也很乐意尽他最大努力去帮助她。也许，他对她要说的话并不是很感兴趣。但是，谁也说不准。

“报纸上有许多，”马普尔小姐小声却清楚地说道，“有关法庭上非法事件的报道；关于，年轻人的，‘需要关怀和保护’的儿童和姑娘。我想这只是个法律术语，但它也可能意味着真实。”

“您提到的这个姑娘，您觉得她需要关怀和保护吗？”

“对。我是有这样的感觉。”

“是个孤儿吗？”

“哦，不是的，”马普尔小姐说，“如果我可以这样形容的话，应该说她不算是个孤儿。表面上看她受到非常严密的保护和非常周到的关怀。”

“听起来很有趣。”

“她住在这个旅馆里，”马普尔小姐说，“我想是和卡彭特太太一起的。我在登记簿里查看了姓名，姑娘名叫艾尔维拉·布莱克。”

老爹马上产生了兴趣，他抬起头。

“她是个可爱的姑娘。很年轻，非常年轻，正如我所说的，一直受到关怀和保护。她的监护人是勒斯科姆上校，一个很不错的、相当有魅力的人。他虽然上了些年纪，但恐怕极为天真。”

“姑娘还是监护人？”

“我指的是监护人，”马普尔小姐说，“我不了解那姑娘。但我确实认为她正处于危险之中。我非常偶然地在巴特西公园里碰到过她，那时她和一个年轻人坐在公园里的一个茶水点心铺里。”

“哦，是那样的吗？”老爹说，“我想肯定是个不怎么样的人。嬉皮士，诈骗犯，暴徒……”

“一个很英俊的男人，”马普尔小姐说，“不算太年轻。三十多岁，我想是那种对女人来说很有吸引力的男人，但他看起来很糟糕：冷酷，贪婪，奸诈。”

“他可能并不像看上去那么坏。”老爹安慰她说。

“如果与我的判断有什么不同的话，那只会是他比看上去还要坏，”马普尔小姐说，“我对这一点深信不疑。他开着辆大赛车。”

老爹迅速抬起头。

“赛车？”

“对。我有几次看到它停在旅馆附近。”

“您不记得它的车牌号，是吗？”

“不，我记得。FAN2266。我有个口吃的表妹，”马普尔小姐解释说，“我就是这么记住的。”

老爹露出困惑的表情。

“您知道他是谁吗？”马普尔小姐问。

“事实上，我知道他，”老爹慢慢说道，“一半法国血统，一半波兰血统。非常出名的赛车手，三年前是世界冠军。他名叫拉迪斯拉斯·马利诺斯基。你对他的一些看法是非常正确的。他在和女人的关系方面名声不好。也就是说，对一个年轻姑娘而言，他不是个合适的朋友，但对这样的事情很难采取任何措施。我想她是偷偷地去见他的，对吗？”

“没错。”马普尔小姐说。

“您和她的监护人接触过吗？”

“我不大了解他，”马普尔小姐说，“只是有一次我们一位共同的朋友把我介绍给他了。我不想像一个搬弄是非的人那样去找他。我不知道你们是不是可以通过某种方式采取点措施？”

“我可以试试，”老爹说，“顺便说一句，我想您可能会开心，您的朋友——彭尼法瑟教士——被找到了。”

“真的？”马普尔小姐看上去有了活力，“在哪儿？”

“一个叫作米尔顿圣约翰的地方。”

“真是奇怪。他在那儿干什么？他自己知道吗？”

“从表面上看——”总警督戴维拉长声音以示强调，“他出事了。”

“什么样的事？”

“让汽车给撞了，得了脑震荡。当然，可能是别的什么原因，他头部遭受了重击。”

“哦，我明白了。”马普尔小姐考虑着这个问题，“他自己不知道原因吗？”

“他说，”总警督又强调这个字，“他什么也不知道。”

“很不寻常。”

“可不是吗，他记得的最后一件事是坐出租车去肯辛顿机场。”

马普尔小姐困惑地摇摇头。

“我知道，得了脑震荡的确会发生这样的事情，”她喃喃地说，“他没说任何——有帮助的事情吗？”

“他嘟哝着说了些什么‘耶利哥之墙’。”

“约书亚？”马普尔小姐猜测说，“要么是考古……发掘物……要么……我记得，是很早以前的一部戏，我想是苏特罗先生写的。”

“这个星期泰晤士河以北的地区都在上演高蒙电影公司的片子——《耶利哥之墙》，主演是奥尔加·拉德本和巴特·莱文。”老爹说。

马普尔小姐疑惑不解地看着他。

“他可能在克伦威尔大街看过那场电影，大约十一点钟出来，回到这儿。但如果是这样的话，肯定会有人看到他的，那时候还不到午夜……”

“他坐错了车，”马普尔小姐提议道，“那样的话……”

“如果他半夜之后回到这儿，”老爹说，“他就可能走楼梯回房间，不让任何人看到。但如果是这样的话，接下来又发生了什么呢？他为什么在三小时之后又再次出门呢？”

马普尔小姐在寻找合适的答案。

“我想到的唯一答案是——噢！”

外面大街上传来的一声巨响使她吓了一跳。

“汽车回火了。”老爹安慰道。

“很抱歉表现得这么神经兮兮的……我今晚觉得紧张——一种莫名其妙的感觉……”

“是预感会发生什么事情吗？我想您用不着担心。”

“我从来都不喜欢雾。”

“我想告诉您，”总警督戴维说，“您给了我很多帮助。您在这儿注意到的事——就算只是些小事——都很有帮助。”

“那么说，这地方真的在之前有过什么？”

“这儿以前有过问题，现在仍然有问题。”

马普尔小姐叹了口气。

“它开始看上去还很了不起——您知道，没有什么变化——就像穿越回了过去——过去那段人们曾热爱并享受过的时代。”

她停了停。

“可是当然啦，这只是一种假象。我认识到（我还以为我已经知道了呢）人们永远不能回到过去，甚至不应该试图回到过去——生活的本质就在于不断前进。人生就是条单行道，不是吗？”

“差不多。”老爹同意道。

“我记得，”马普尔小姐说，以她特有的方式岔开了话题，“我记得我跟母亲和外婆在巴黎的时候，我们去爱丽舍饭店喝茶。我外婆向四周看看，突然说道：‘克拉拉，我认为我绝对是这儿唯一一个戴着圆软帽的女人！’事实证明还真的是！回家之后，她把所有的圆软帽，还有带帽子的斗篷都打点好之后就送走了……”

“送到旧衣物的慈善义卖处？”老爹关切地问。

“哦，不是的。旧衣物义卖处没有人会需要这些东西的。她把它们送到一家戏剧团了。他们非常感激。让我想想——”马普尔小姐又找到了方向，“我之前说到哪儿了？”

“总结这个地方。”

“对。它看起来不错，可其实不是的。它很混乱——真实的人和不真实的人。您很难区分。”

“您说不真实是什么意思？”

“有些退休的军人，但也有些看起来像军人，但从未在军队待过的人。不是教士的教士。以及从未在海军里服过役的舰队司令和海军少校。我的朋友，塞利娜·哈茨……开始我还觉得好笑，她怎么总是那么着急地想认出她认识的人（当然，这很自然），却又经常闹误会：他们不是她所认为的那些人。但这发生得太频繁了。于是，我便开始怀疑。即使是罗丝，那个女服务员……这么好的人……我都开始认为也许她也不是真实的。”

“如果你有兴趣知道的话，她曾是个演员，不错的演员。在这儿的工资比她以前当演员的时候高得多。”

“可是——为什么呢？”

“主要是当作旅馆的一种装饰。也许还有其他原因。”

“我很高兴就要离开这儿了，”马普尔小姐说。她微微地颤抖了一下，“在任何事情发生之前。”

总警督戴维好奇地看着她。

“您觉得会发生什么事情？”他问道。

“某种邪恶的事情。”马普尔小姐说。

“邪恶是个相当大的词……”

“您觉得这太夸张了吗？但我有些经验——这种感觉似乎——经常和谋杀联系在一起。”

“谋杀？”总警督戴维摇摇头，“我并不觉得会有谋杀。这里只是一群聪明过人的罪犯的安乐窝而已。”

“那不是一回事。谋杀、谋杀的企图——这感觉是非常不同的。它——该怎么说呢？它违反上帝的旨意。”

他看着她，轻轻地摇着头以示安慰。

“不会有谋杀的。”他说。

突然从外面传来一声巨响，比开始那声还高。接着传来一声尖叫和另外一声巨响。

总警督戴维已经站起来，以令人吃惊的速度移动他那硕大的身躯。几秒钟之后，他就穿过旅馆大门来到外面的大街上。

2

尖叫声——女人的尖叫声——带着恐惧刺破迷雾。总警督戴维沿庞德大街，向着尖叫声传来的方向冲过去。他能隐隐约约地辨认出一个女人靠着栏杆的身影。十几步之后，他就到了她身边。她穿着一件浅色毛领长大衣，闪闪发亮的金色头发从脸的两侧向下垂着。有一瞬间他以为自己知道她是谁，接着意识到这只是个瘦小的姑娘。一个穿着制服的人蜷缩在她脚边的人行道上，总警督戴维认出了他，是迈克尔·戈尔曼。

戴维走到姑娘面前，她死死抓着他，浑身发抖，结结巴巴地说着不连贯的话。

“有人想杀我……有人……他们向我开枪……如果不是他——”她向下指着脚边一动不动的躯体说，“他把我推向身后，挡在我前面——接着第二颗子弹飞来……然后他倒下了……他救了我的命，我想他受伤了——伤得很厉害……”

总警督戴维单腿跪下，拿着手电筒查看。高大的爱尔兰门卫像个战士般倒下了，他上衣的左边有湿湿的一块，随着鲜血不断涌出，渗透到衣料里，这块布变得越来越潮湿。戴维翻了翻他的一只眼皮，又摸了摸手腕。他重新站起来。

“子弹正中心脏。”他说。

姑娘大哭起来：“您是说他死了？哦不，不！他不能死。”

“向你开枪的是谁？”

“我不知道……我把车停在了拐角处，正沿着栏杆前行……我打算去伯特伦旅馆。接着突然有人开枪……一颗子弹从我耳边飞过，然后……他……伯特伦旅馆的门卫……沿马路向我跑过来，把我推向身后，接着另一枪打过来……我想……我想不管是谁，他肯定是躲在那边的一片区域。”

总警督戴维顺着她指的方向看过去。在伯特伦旅馆的那一端、大街的水平线之下有一片建筑风格比较传统的区域，就在一扇门和几级台阶之后。那儿只有几间库房，大部分面积都是闲置的。但是要藏一个人还是轻而易举。

“你没有看到他吗？”

“没看清楚。他像影子一样从我身边一闪而过。都是因为这大雾。”

戴维点点头。

姑娘开始歇斯底里地啜泣起来。

“但是谁可能要杀死我呢？为什么有人想杀死我呢？这都是第二次了。我不明白……为什么呀……”

总警督戴维一只手搂着女孩，另一只手在衣兜里摸索着。

紧接着，刺耳的警哨声穿过迷雾。

3

在伯特伦旅馆的休息大厅里，戈林奇小姐猛然从柜台上抬起头来。几位客人也抬起了头，除了那些年纪大的和耳朵不太好使的。

亨利正要把一杯陈年白兰地放到桌子上，他也停止了动作，就这样手中拿着酒呆站着。

马普尔小姐坐直了身子，双手紧抓着椅子的扶手。一位退休的舰队司令嘲弄地说：

“事故！我想是汽车在大雾中相撞了。”

朝向大街的旅馆大门被人推开了，走进一个警察模样的人，身形看起来比平时更为高大。

他正扶着一个身穿浅色毛领大衣的姑娘，她好像几乎不能行走。警察有点难堪地环顾四周寻求帮助。

戈林奇小姐从柜台后走出来，正准备处理。但就在此时，电梯从楼上降下，出现一个高挑的身影。于是姑娘摇晃着身子挣脱警察的扶持，发疯似的跑过休息大厅。

“妈妈，”她哭喊着，“哦，妈妈，妈妈……”然后抽泣着扑到贝丝·塞奇威克的怀中。

第二十一章

总警督戴维坐回自己的椅子上，打量着坐在对面的两个女人。此时已经过了半夜，警察来来去去忙碌了好一阵子，有医生、指纹师，还来了辆救护车将尸体拉走。现在一切都集中到这间伯特伦旅馆贡献出来作执法用途的房间里。总警督戴维坐在桌子的一边，贝丝·塞奇威克和艾尔维拉坐在另一边。一个警察显眼地坐在墙边作记录。沃德尔警佐坐在房门附近。

老爹若有所思地看着面前的两个女人：母亲和女儿。他注意到，表面上看起来她们两人非常相似。他明白了在大雾中他一开始为什么会把艾尔维拉认作是贝丝·塞奇威克了。但是现在，看着她们，他觉得其不同之处比相同之处更引人注意。除了肤色之外，她们并不是太相像。但他有一种强烈的印象，这里是一个人的两种不同版本：积极的和消极的。贝丝·塞奇威克的一切都是积极的。她的活力、她的精力以及她那磁性般的吸引力。他崇拜塞奇威克夫人，一直如此。他崇拜她的勇气，并总是为她的英勇事迹而激动。他以前看《星期日泰晤士报》的时候说："她这样迟早是会出事的"，但她却每每化险为夷。他认为她不可能成功，但她却成功了。他尤其崇拜她那坚不可摧的意志。她遭遇过一次飞机失事，几次汽车相撞，两次重重地从马背上摔下来，但不管怎样，她还在这里。她是一位生气蓬勃、精力充沛，一位每时每刻都能让人侧目的人物。他对她佩服得五体投地。但是，受幸运女神青睐的日子总是有限的，总有一天，毫无疑问地，她会遭受惨败。他的视线从母亲移到女儿身上。他觉得奇怪，非常奇怪。

在艾尔维拉·布莱克身上，他认为，一切都是深藏不露的。贝丝·塞奇威克是通过把意志力强加于生活之上而生活的。艾尔维拉，他猜测，有一种不同的生活方式。她服从，他想，她听话。她温顺地微笑着，但在那背后，他思忖道，她从你的指尖溜走。"狡猾，"他心里对这种情况进行了评价，"我想这是她能够成功的唯一方法。她不可能厚着脸皮行事，也不可能勉强自己。我想这就是为什么照看她的人从来就没想过她可能会干什么坏事。"

他想知道，在这么晚的雾夜，她从大街上回到伯特伦旅馆之前在干些什么。他打算立即向她发问，但又觉得不会得到真实的答案。"那是这可怜的孩子，"他想，"保护自己的唯一方法。"她来这儿是为了见她妈妈或是找她妈妈的？极有可能，但他并不这样认为，他自始至终都不相信这点。相反，他想到了隐匿于角落处的那辆大赛车，那辆车牌号为FAN2266的车。拉迪斯拉斯·马利诺斯基肯定在附近的某个地方，因为他的车在那儿。

"好了，"老爹非常关心地、慈父般地向艾尔维拉说，"嗯，你现在感觉怎么样？"

"我没事了。"艾尔维拉说。

“好。如果你没事的话，我想问你几个问题。因为，要知道，在这样的事件里，时间尤为重要。有人朝你开了两枪，一个人被杀。我们希望得到尽可能多的线索以找出凶手。”

“我会告诉您我知道的一切，但这一切都来得太突然了。而且在大雾中看不到任何东西。我自己都不知道可能是谁——更不要说他长什么样。所以，这才显得那么可怕。”

“你说过这是第二次有人想杀死你。这是不是说你以前的生活中还出现过一次这样的情况？”

“我说过这种话吗？我记不得了。”她的眼睛不安地转动着，“我想我没那样说。”

“哦，要知道，你说过。”老爹说。

“我想我只是有些——歇斯底里。”

“不，”老爹说，“我想你不是的。我认为你当时是认真的。”

“我可能是在胡思乱想。”艾尔维拉说，她的眼睛又望到一边去了。

贝丝·塞奇威克动了动身子。她轻声说：

“你最好告诉他，艾尔维拉。”

艾尔维拉迅速而不安地看了她妈妈一眼。

“你不用担心，”老爹安慰地说，“我们这些当警察的都很清楚，女孩子们并不会把所有事情都告诉她们的母亲或监护人。我们对那些事情并不太看重，但我们必须了解，因为，你要知道——会对破案有帮助的。”

贝丝·塞奇威克说：

“是发生在意大利吗？”

“是的。”艾尔维拉说。

老爹说：“你曾在那儿上过中学，是吗？好像是个礼仪学校——

不知道现在人们怎么叫？”

“是的。我是在马蒂内利伯爵夫人那里。我们总共有十八到二十个人。”

“你认为有人试图杀死你。事情的经过是怎样的？”

“嗯，有人送给我一大盒巧克力和糖果之类的东西，还附了一张卡片，上面用花哨的字体写着一句意大利语。似乎是‘给美丽的小姐’这样的话。我和我的朋友们，嗯，我们为此大笑一番，不知道是谁送来的。”

“是邮寄来的吗？”

“不，不是的。不可能是邮寄来的，它就放在我的房间里。肯定是有人把它放在那儿的。”

“我明白了。我想是有人贿赂了一个服务员。我敢说你没有把这件事告诉那个什么伯爵夫人，是吗？”

艾尔维拉的脸上露出一丝微笑：“没有，没有，当然没有。不管怎样，我们打开了盒子，那些巧克力都非常可爱。有好多品种，还有一些紫罗兰奶油巧克力——就是一种顶上有朵结晶紫罗兰的巧克力，是我最喜欢的。所以我理所当然地先吃了几个。后来晚上的时候，我觉得很难受。我并没想到是巧克力，我只是想也许是晚饭的时候吃了什么。”

“有别人觉得难受吗？”

“没有，只有我。嗯，我非常不舒服，但到第二天晚上的时候我又没事了。然后，过了一两天，我又吃了一块这样的巧克力，同样的事情又发生了。于是我和布里奇特——我特别要好的朋友——谈起这件事。我们看了看那些巧克力，发现紫罗兰奶油巧克力的下面都有一个打开后又给堵起来的洞，所以我们认为有人往里面下了毒，而且他们只是在紫罗兰奶油巧克力里放了，这样吃这些巧克力的就只会是我了。”

“别人都没觉得不舒服？”

“没有。”

“这么说很可能没别人吃那些紫罗兰奶油巧克力？”

“没有。我想她们不会吃的。要知道，那是我的礼物，而且她们知道我喜欢那种紫罗兰的，所以会把那些留给我。”

“那家伙冒了一次险，不管他是谁，”老爹说，“整个地方的人都可能会中毒。”

“荒唐，”塞奇威克夫人猛然说道，“真是太荒唐了！我从没听说过这么狠心的事情。”

总警督戴维用手轻轻做了个手势。“请不要插话。”他说，然后接着对艾尔维拉说，“我发现这非常有意思，布莱克小姐。你还是没有告诉那个伯爵夫人？”

“哦，没有，我们没告诉她。她会把这点小事弄得沸沸扬扬的。”

“你们是怎么处理这些巧克力的？”

“扔了，”艾尔维拉说，“这些巧克力真是可爱。”她带着点如释重负的口气补充说。

“你没试图找出是谁送的这些巧克力？”

艾尔维拉露出难为情的样子。

“嗯，您看，我想可能是吉多。”

“是吗？”总警督戴维高兴地说，“吉多是谁？”

“哦，吉多……”艾尔维拉停住了，她看了看母亲。

“别犯傻，”贝丝·塞奇威克说，“跟总警督戴维说说吉多，不管他是谁。你这个年龄的女孩子生活中都有这样的吉多。我猜，你是在学校之外遇上他的？”

“是的。我们一起去看戏的时候，他在那儿跟我说话了。他是个不错的人，很有吸引力。上课的时候我经常见到他。他常给我递字条。”

“我猜，”贝丝·塞奇威克说，“你是不是撒了许多谎，并且与一些朋友想方设法出去见他？是这样的吗？”

看起来这种直截了当的坦白使艾尔维拉放松了：“有时候是吉多想办法——”

“吉多的全名是什么？”

“我不知道，”艾尔维拉说，“他从未告诉过我。”

总警督戴维冲她笑笑。

“你的意思是你不打算告诉我们？没关系。如果这真的很重要，我敢说没有你的帮助我们肯定也能一字不差地查出来的。但是你为什么认为这个年轻人——他可能喜欢你——会想害死你呢？”

“哦，因为他经常这样威胁我。我是说，我们常吵架。他总带些朋友跟他一起，而我假装更喜欢他们，这样他就会变得非常非常的疯狂和愤怒。他说我最好小心点。我不能让他不那样想！要是我对他不忠他就杀了我！我只是觉得，他这样十分夸张，也很有戏剧性。”艾尔维拉突然出乎意料地笑了，“但这相当有趣，我从未当真过。”

“嗯，”总警督戴维说，“我觉得，这么一个如你所述的年轻人似乎确实不太可能真的往巧克力里下毒，然后给你送去。”

“嗯，实际上我也是这么想的，”艾尔维拉说，“但肯定是他，因为我看不出还有别的什么人，这使我不安。然后，回到这儿之后，我收到了一张便条——”她打住了话头。

“什么样的便条？”

“它是装在信封里寄来的，而且是打印出来的。上面写着：‘注意，有人想杀你’。”

总警督戴维的眉毛扬了扬。

“真的吗？非常奇怪。没错，非常奇怪。它让你不安。你害怕吗？”

“是的。我开始——开始怀疑是谁想将我除掉。所以我便想办法查明我是不是真的非常富有。”

“接着说。”

“接着，几天前在伦敦又发生了另一件事。我正在地铁站里，站台里有很多人，有人企图将我推向铁轨。”

“我亲爱的孩子！”贝丝·塞奇威克说，“不要说瞎话。”

老爹再次做了个小小的手势。

“是的，”艾尔维拉带着歉意说，“我希望这些都是我想象出来的……我不知道……我的意思是，今晚发生这样的事情之后，这一切看来好像都是真的，不是吗？”她突然转向贝丝·塞奇威克，急切地说，“妈妈！你可能知道。是不是有人想杀死我？可能有这样的人吗？我有仇人吗？”

“你当然没有仇人，”贝丝·塞奇威克不耐烦地说，“别犯傻。没人想杀死你。他们为什么要这样做呢？”

“那今晚是谁向我开枪呢？”

“在这样的大雾里，”贝丝·塞奇威克说，“你可能被误认为是别的什么人。这是可能的，您不这样认为吗？”她对老爹说。

“是的，我想这很有可能。”总警督戴维说。

贝丝·塞奇威克正专注地看着他，他几乎能想象到她的嘴唇翕动着说“接着说”。

“好吧，”他愉快地说，“我们现在静下心来讨论点别的情况吧。今晚你是从哪儿回来的？在这样的大雾之夜，你为什么会在庞德大街上？”

“我今天上午去塔特上艺术课，然后和我住在昂斯洛广场的朋友布里奇特去吃午饭。我们接着去看了场电影，等我们出来的时候，大雾已经降临了——雾很浓，而且越来越糟。于是我想我最好还是不开车回家了。”

“你开车？”

“是的，我去年夏天参加了驾驶考试。可是我车开得并不太好，不喜欢在雾天开车。所以布里奇特的母亲说我可以在那儿过夜，于是我给米尔德里德表姐打电话——我在肯特是住在她那儿的——”

老爹点点头。

“我说我打算在那儿过夜，她说我那样做很明智。”

“然后呢？”老爹问道。

“然后，雾似乎突然变少了。要知道雾总是一片一片的。于是我说我还是开车去肯特吧。我跟布里奇特道别后便动身了，但是不久雾又来了，我很不喜欢。我遇上了一片很浓的雾便迷了路，不知道自己在什么地方。过了一会儿，我意识到我是在海德公园拐角处，我心里想：‘这么大的雾，我怎么也到不了肯特。’起初，我想着还是回布里奇特家吧，可我马上想到我已经不知道路该怎么走了。然后我意识到，我离这家旅馆非常近。我从意大利回来的时候德里克叔叔带我在这儿住过，于是我想：‘我去那儿吧，我相信他们能给我找一个房间的。’那是很容易的事情，我找到一个地方把车子停好，然后沿着大街向旅馆走来。”

“你碰到什么人或者听到附近有什么人走动吗？”

“您这样说很有趣，因为我的确听到背后有人走动。当然了，肯定有许许多多的人在伦敦往来奔波。但在这样大的雾里，那会使你感到紧张。我停下来听，但听不到任何脚步声，我就以为都是我想象出来的。那时我离旅馆已经很近了。”

“然后呢？”

“然后，突然有人开了一枪。我跟你说过，子弹好像就从我耳边飞过。站在旅馆外边的门卫向我跑过来，把我推到他身后，然后——然后——又一颗子弹打来……他——他倒下了，我尖叫起来。”此时她浑身发抖。

“稳住，孩子。”贝丝以一种低沉而坚定的声音说，“稳住。”这种声音是贝丝·塞奇威克用来安慰她的马的，但用在她的女儿身上也一样有效。艾尔维拉冲她眨眨眼，稍稍挺直了身子，便又平静下来。

“好姑娘。”贝丝说。

“然后您过来了，”艾尔维拉对老爹说，“您吹响哨子，告诉警察把我带到旅馆里。我一进来，看到了——就看到了妈妈。”她扭头看着贝丝·塞奇威克。

“这或多或少给我们提供了最新的情况。”老爹说，他在椅子上稍稍挪动了一下身躯。

“你认识一个叫作拉迪斯拉斯·马利诺斯基的人吗？”他问道。他的语调平静、随意，没有任何明显的变化。他没看着那姑娘，但他注意到——因为他的耳朵正以最大限度发挥着作用——她急促地轻吸了一口气。他的眼睛没看向女儿，而是看着母亲。

“不——”艾尔维拉过了一段正好不算太长的时间才说，“我不认识。”

“哦，”老爹说，“我以为你可能认识他。我以为他今晚可能来过这儿。”

“是吗？他为什么会来过呢？”

“嗯，他的车子在这儿。”老爹说，“所以我觉得他可能也在。”

“我不认识他。”艾尔维拉说。

“是我弄错了，”老爹说，“您当然认识他吧？”他扭头面向贝丝·塞奇威克。

“那是自然，”贝丝·塞奇威克说，“我认识他已经很多年了。”她接着说道，并微微地笑了笑：“要知道，他是个疯子，开车像个天使或者魔鬼——总有一天他会摔断脖子的。他在一年半前遇上了一次严重的撞车事故。”

“对，我记得看过关于这件事的报道，”老爹说，“他现在还没有再次参赛，是吗？”

“没有，现在还没有，也许永远都不会了。”

“您觉得我可以去睡觉了吗？”艾尔维拉可怜巴巴地问道，“我——真的是太累了。”

“当然可以，你肯定是累了，”老爹说，“你能想起来的都已经告诉我们了？”

“哦，是的。”

“我跟你一起去。”贝丝说。

母女俩一起走了出去。

“她肯定认识他。”老爹说。

“您真的这么认为吗？”沃德尔警佐问道。

“据我所知，她一两天前还与他一起在巴特西公园里喝过茶。”

“您是怎么知道这个的？”

“一位老妇人告诉我的——这让她觉得非常痛苦。她认为对一个年轻姑娘来说他不是个合适的朋友。他当然不是。”

“尤其是如果他和她母亲……”沃德尔突然敏感地打住了，“这不过是人们的闲言碎语而已……”

“对。可能是真的，也可能不是。但很可能是。”

“在这种情况下，他真正追求的是哪一个？”

老爹没理会这点，他说：

“我想把他抓起来，非常想。他的车子在这儿——就在拐角附近。”

“您认为他可能就住在这个旅馆里吗？”

“我不这样认为，他和这里的气场不合。他不应该在这儿。如果来这儿，就是来见这姑娘的。我认为，她肯定是来与他见面的。”

门被推开，贝丝·塞奇威克又出现了。

“我又回来了，”她说，“因为我想跟您谈谈。”

她看看他，又看看另外两个人。

“不知道我能不能单独跟您谈谈？我已经如实告诉了你们我所了解的一切情况，但我想跟您私下里说几句。”

“当然可以，”总警督戴维说。他点头示意一下，于是那年轻的探警拿起记录簿向外走去，沃德尔也跟着他走了。“怎么了？”总警督戴维说。

塞奇威克夫人在他对面坐下。

“那个关于下了毒的巧克力的可笑故事，”她说，“简直是胡说八道，绝对荒谬。我不相信发生过任何类似的事情。”

“您不相信吗？”

“您相信吗？”

老爹怀疑地摆摆头：“您认为那是您女儿编造出来的？”

“对。可是为什么呢？”

“嗯，要是您都不知道为什么，”总警督戴维说，“那我怎么会知道呢？她是您的女儿。很可能您知道的比我要多。”

“我对她一点都不了解，”贝丝·塞奇威克难过地说，“我离开我丈夫时她才两岁，从那以后我就再没见过她，跟她也没有任何联系。”

“哦，是的。这些我都知道。我觉得很奇怪。要知道，塞奇威克夫人，只要母亲要求，通常法庭是会把年幼子女的抚养权交给她的，哪怕在离婚案件中她是应付责任的一方。也许那时您没有要求抚养权？您不想要？”

“我想——最好不要。”

“为什么？”

“我觉得那对她来说——不安全。”

“是从道德的角度来看？”

“不，不是从道德上。如今的社会中有许多男女私情。子女们肯定会认识到这些并且随着这一切长大成人。实际上，我不是个安全的、可以生活在一起的人。我奉行的生活不会是一种安全的生活。人生来就是那样，你无从选择。我生来就要过着危险的生活，我不遵纪守法也不循规蹈矩。我想，要是能以一种英国式的传统方式把艾尔维拉抚养大，她生活得会更好，更幸福。受人保护，受人照顾……”

“但是没有母爱？”

“我想，要是她学会了爱我，那会给她带来忧伤的。哦，您可能不相信，但我就是有这种感觉。”

“我能理解。您仍然认为您是正确的吗？”

“不，”贝丝说，“不是。我现在觉得我可能完全错了。”

“您女儿到底认不认识拉迪斯拉斯·马利诺斯基？”

“我肯定她不认识。她这样说过。你听到她说了。”

“我听见了，是的。”

“那又怎么样呢？”

“要知道，她坐在这儿的时候非常害怕。干我们这一行的，一遇到恐惧就会看出来，她很害怕——为什么呢？不管巧克力那件事是不是真的，肯定有人企图谋杀她。那地铁里的故事就很可能是真的……”

“那件事很荒唐。就像惊险小说一样……”

“也许吧。但那种事的确会发生，塞奇威克夫人。比你想象得还要频繁。你能跟我说说谁有可能想杀害你女儿吗？”

“没有人——不可能有谁！”

她情绪激动地说。

总警督戴维叹口气，摇了摇头。

第二十二章

总警督戴维耐心地等梅尔福特太太讲完，这是一次格外没有收获的谈话。米尔德里德表姐语无伦次，对什么都不相信，而且还有点愚钝。或者说这是老爹的个人看法。她对艾尔维拉楚楚动人的举止、良好的本性、牙齿的麻烦，以及她在电话里讲的那些奇怪借口的叙述，使人不得不对艾尔维拉的朋友——布里奇特是不是一个真正适合她的朋友产生重大怀疑。所有这些信息就像匆忙之中搅拌的布丁一样呈现在总警督的面前。梅尔福特太太什么都不知道，她什么都没听到、什么都没有看到，而且明显什么都没有推断过。

对艾尔维拉的监护人勒斯科姆上校的简短电话拜访更是没有成果，但幸运的是他没有那么啰唆。“都是些三不猴。”他放下电话喃喃地对他的警督说，“非礼勿视，非礼勿听，非礼勿言。”

“麻烦之处在于任何与这姑娘有关系的人都太好了——要是你能明白我的意思的话。太多的好人，他们对邪恶一无所知。不像我认识的那位老妇人。”

“伯特伦旅馆的那位？”

“对，就是那位。她有丰富的经历——注视邪恶，幻想邪恶，怀疑邪恶，并勇于同邪恶做斗争。我们看看能不能从布里奇特那儿得到点什么吧。”

布里奇特的妈妈在开始、最后，及其间大部分时间都给这场谈话带来了不便。为了不在布里奇特妈妈的介入下跟她谈话，总警督戴维使尽了浑身解数。布里奇特——必须承认——巧妙地帮助了他。经过一段时间固定模式的问答、听过布里奇特的母亲听到艾尔维拉死里逃生的经历所表达的恐惧之后，布里奇特说：“要知道，您该去参加那个委员会的会议了，妈妈。您说过那非常重要。”

“哎呀。”布里奇特的妈妈说。

“您知道的，没有您他们都会不知所措的，妈妈。”

“哦，他们会的，他们当然会。但是，我也许应该——”

“没关系的，夫人，”总警督戴维说，脸上挂起慈父般的神情，“您不用担心，可以放心离开。我已经完成了所有重要的事情。事实上您已经告诉了我想知道的一切。我只有一两个例行调查，针对当时在意大利的相关人士，这点我想您的女儿布里奇特小姐也许能帮助我。”

“那么，要是你觉得你能办到的话，布里奇特……”

“哦，我能办到的，妈妈。”布里奇特说。

最终，非常匆忙地，布里奇特的母亲动身去她的委员会了。

“唉，天哪，”布里奇特把大门关上，回来的时候叹口气说道，“真的！我真的觉得妈妈们很难相处。”

“她们也是这么跟我说的，”总警督戴维说，“我碰到的许多小姑娘都觉得她们的妈妈很难相处。”

“我还以为您会反过来说呢。”布里奇特说。

“哦，是的，是的，”戴维说，“但小姑娘可不是这么看的。现在你可以跟我多说一点了。”

“在妈妈面前我真的不能坦白地说话，”布里奇特解释说，“但我确实感觉，当然了，您对这件事的了解应该是越详尽越好，这点很重要。我的确知道艾尔维拉是为什么事而担心害怕。她不愿承认她处于危险之中，但她确实如此。”

“我想可能是这样。当然，我不喜欢在你妈妈面前问你太多。”

“哦，不，”布里奇特说，“我们不想让妈妈听到这些。她会感到非常恐惧，然后告诉每一个人。我的意思是，如果艾尔维拉不想让这样的事情被人知道……”

“首先，”总警督戴维说，“我想了解一下你们在意大利时那盒巧克力的情况。我想她好像是收到了一盒可能被下了毒的巧克力。”

布里奇特的眼睛睁得大大的。“下了毒？”她说，“哦不，我并不这样认为。至少……”

“出了什么事吗？”

“哦，是的。来了一盒巧克力，艾尔维拉吃了很多，那天晚上她就很不舒服，病得很厉害。”

“可是她没有怀疑是中毒？”

“没有，至少——哦，对了，她的确说过有人企图毒死我们中的一个，于是我们就检查了巧克力，就是，看看里面是不是被注射了什么东西。”

“有吗？”

“没有，”布里奇特说，“至少，就我们能看出来的，没有。”

“也许你的朋友，艾尔维拉小姐，可能不是这么认为的？”

"嗯，可能——但她再没说过。"

"你认为她害怕某个人？"

"当时我没这样认为，也没注意到任何事情。是后来，在这里。"

"是他吗，吉多？"

布里奇特咯咯地笑了。

"他对艾尔维拉非常迷恋。"她说。

"你和艾尔维拉经常与他见面吗？"

"嗯，我并不介意告诉您，"布里奇特说，"毕竟您是警察。希望您能理解，这件事对您并不十分重要。马蒂内利伯爵夫人极为严厉——也许只是我们觉得她太严厉了。当然，我们有各种各样的对策。要知道，我们俩互相掩护。"

"我猜是撒一些聪明的谎？"

"嗯，我想是这样的，"布里奇特说，"可是，大家都这样疑神疑鬼的，您还能怎么办？"

"这么说你真的与吉多见过面，用他来威胁艾尔维拉？"

"哦，我并不觉得那是认真的。"

"那么，也许她还经常与另外某个人接触。"

"哦……那个……嗯，我不知道。"

"请告诉我，布里奇特小姐。要知道，这可能是非常重要的。"

"对，我能看得出来。是有那么一个人。我不知道是谁，但肯定有另外一个人——她对此非常在意。她极为认真。我的意思是，那是件非常重要的事。"

"她经常和他见面吗？"

"我想是的。我的意思是，她说去见吉多，但见的不是吉多，是另外的那个人。"

“能猜到是谁吗？”

“不能。”听起来布里奇特有点迟疑不定。

“会不会是个叫作拉迪斯拉斯·马利诺斯基的赛车手？”

布里奇特张着嘴呆呆地看着他。

“这么说您知道？”

“我说得对吗？”

“对——我想是这样的。她有一张他的照片，从报纸上剪下来的。她把它藏在柜子里的长袜底下。”

“那可能只是个爱慕的偶像，对吗？”

“当然可能，可我觉得并不仅仅如此。”

“她在这儿，在这个国家和他见过面吗？你知不知道？”

“我不知道。您要知道，实际上我不知道从意大利回来之后她都在干些什么。”

“她去伦敦看牙医，”戴维提示她，“或者说，她是这样说的。但她却到你这儿来了。她给梅尔福特太太打电话，说起一位老家庭教师的事。”

布里奇特轻轻地咯咯笑了起来。

“那不是真的，对吗？”总警督微笑着说，“她实际去了哪儿？”

布里奇特犹豫了一下然后说：“她去了爱尔兰。”

“她去了爱尔兰，是吗？为什么？”

“她不愿告诉我。她说她必须查出某件事情的真相。”

“你知道她去了爱尔兰的什么地方吗？”

“不太准确。她提到过一个地方，巴利什么的，巴利高兰，我想是这个地方。”

“我明白了。你肯定她去了爱尔兰？”

“我在肯辛顿机场为她送行。她乘坐的是爱尔兰航空公司的班机。”

“她什么时候回来的？”

“第二天。”

“也是坐飞机？”

“是的。”

“你能肯定吗？她是坐飞机回来的？”

“呃，我猜是的！”

“她买返程机票了吗？”

“没有，她没有。我记得。”

“她有没有可能是通过另外一种方式返回的？”

“对，我想是可能的。”

“她可能是，比方说，坐爱尔兰邮车回来的？”

“她没说。”

“但她也没说她是坐飞机回来的，对吗？”

“对，”布里奇特同意道，“可是她为什么要坐船又坐火车而不坐飞机回来呢？”

“嗯，要是她已经查明了她想知道的真相而又无处可去，就可能觉得坐晚上的邮车回来更方便些。”

“对呀，我想她是有可能这样做的。”

戴维笑了笑。

“我想啊，你们现在的这些小姑娘，”他说，“提起旅行想到的只有坐飞机，是这样的吗？”

“我想我们真是这样的。”布里奇特同意道。

“不管怎样，她回到英格兰。然后发生了什么事情吗？她有没有来过你这儿，或者给你打电话？”

“她打过电话。”

“哪天？什么时候？”

“哦，在上午的某个时候。对了，我想那肯定是十一点或十二点的时候。”

“她说了些什么？”

“嗯，她只是问是否一切正常。”

“一切都正常吗？”

“不，不正常，因为，要知道，梅尔福特太太打来的电话让妈妈接到了，于是情况变得非常不妙，我那时不知说什么好。于是艾尔维拉说她就不来昂斯洛广场了，但她会给她的米尔德里德表姐打电话，尽量编造些借口。”

“你能记得的就这些？”

“就这些。”布里奇特说，还保留了一些情况。她想到了博拉德先生和那只手镯。当然那是件她不想告诉总警督戴维的事情。老爹清楚地知道她还隐瞒了一些事情，他只能希望那些事情和他的调查没有关系。他又问道：

“你认为你的朋友真的在害怕某个人或某件事？”

“是的。”

“她跟你提起过，或者你跟她提起过这件事吗？”

“哦，我直截了当地问过她。开始她说没有，然后又承认她的确是害怕。我知道她是的，”布里奇特情绪激动地继续说道，“她身处险境，她对此深信不疑。但我不知道为什么会这样，又是怎么发生的，对此我一无所知。”

“你对这点能如此肯定，跟那通上午的电话有关，是不是？她从爱尔兰返回的那个上午？”

“是的，是的。我就是那时觉得非常肯定。”

“那天早上，她可能是坐爱尔兰邮车回来的吗？”

“我觉得她不可能那么做。您为什么不问问她呢？”

“我最后很可能会问她的。但我不想让人注意到这点，暂时还不想。这可能只会使她的处境更加危险。”

布里奇特瞪圆了眼睛。

“您是什么意思？”

“你可能不记得，布里奇特小姐，爱尔兰邮车抢劫案就是在那个晚上——其实是凌晨——发生的。”

“您是说艾尔维拉经历了那件事却只字未提？”

“我也希望这不太可能，”老爹说，“但我想到她可能看到了与爱尔兰邮车有关的什么东西、人，或事件。比方说，她可能看到了她认识的人，这使她深陷危险之中。”

“哦！”布里奇特说，她仔细想了想，“您的意思是——她认识的某个人同这起抢劫案有关。”

总警督戴维站起身。

“我想我要问的就这些，”他说，“你再没什么要告诉我的了吗？你的朋友那天没去别的什么地方吗？或者之前一天？”

博拉德先生和邦德街上的商店再次浮现在布里奇特眼前。

“没有。”她说道。

“我觉得你还有什么没告诉我。”总警督戴维说。

布里奇特感激地抓住这根救命稻草。

“哦，我忘了，”她说，“是的。我是说她确实去找了几个律师——都是些受托人——想查出点什么。”

“哦，她去找了几个律师，这些律师都是受托人。我想你并不知道他们的名字？”

“叫埃格顿——福布斯，埃格顿什么的，”布里奇特说，“很多名字，大概就是这样。”

“我知道了。她想查出点什么，是吗？”

“她想知道她有多少钱。”布里奇特说。

总警督戴维扬了扬眉毛。

“真的？”他说，“有意思。她自己怎么不知道呢？”

“哦，因为人们从不跟她谈钱的事，”布里奇特说，“他们好像觉得让一个人知道自己有多少钱并没有什么好处。”

“她非常想知道，对吗？”

“对，”布里奇特说，“我觉得她认为这很重要。”

“嗯，谢谢你，”总警督戴维说，“你帮了我很大的忙。”

第二十三章

理查德·埃格顿又看了看面前的公务名片，然后抬头盯着总警督的脸。

“奇怪。”他说。

“是的，阁下，”总警督戴维说，“非常奇怪的事情。”

“大雾中的，”埃格顿说，“伯特伦旅馆。是的，昨晚的雾可真大。我想你们在雾天总会遇到很多这样的事情吧？抢手提袋——这一类的事？”

“并不完全是，”老爹说，“没有人企图从布莱克小姐身上抢走任何东西。”

“子弹是从哪儿射过来的？”

“雾太大，我们不能确定。她自己也不能确定。但是我们认为——这似乎是最合理的看法——凶手可能就站在那片区域。”

“你说，他向她开了两枪？”

“对。头一枪打偏了。门卫正站在旅馆的大门外，他冲上前去，刚将她推到身后，那人又开了第二枪。”

“这样反倒打中了他，是吗？”

“对。”

“真是个勇士。”

“是的，他很勇敢，”总警督说，“他是个爱尔兰人，服役记录非常出色。”

“他叫什么？”

“戈尔曼。迈克尔·戈尔曼。”

“迈克尔·戈尔曼。”埃格顿皱了一会儿眉头。“不，”他说，“刚才我觉得这名字有点耳熟。”

“当然，这是个非常普通的名字。不管怎么说，他救了这姑娘的性命。”

“您到我这儿来到底是为了什么，总警督先生？”

“我希望了解一些情况。要知道，对这次致命袭击，以及受害者的情况我们了解得越多越好。”

“哦，当然，当然。可是，说实在的，打她小时候起，我只见过她两次。”

“大约一个星期前她来拜访您的时候，您见过她，是吗？”

“是的，非常正确。您到底想知道些什么？如果是关于她的个性，她的朋友，或者关于她与男友或者情侣之间的争吵——诸如此类的事情——您最好去找一个女人询问。我想，有一位把她从意大利带回来的卡彭特太太，还有一位与她在肯特一起生活的梅尔福特太太。”

“我已经见过梅尔福特太太了。”

“哦。”

“没什么用处，一点儿帮助都没有，先生。我并不想了解这位姑娘的个人情况，况且，我已经亲自见过她了，而且听到了她能告诉我的——抑或是她愿意告诉我的……”

看到埃格顿的眉毛飞快地动了动，他知道对方对他使用“愿意”这个词表示欣赏。

“我知道她因为什么事情而焦虑不安、担惊受怕，而且确信她的生命正处于危险之中。她来见您的时候，您有这样的印象吗？”

“没有，”埃格顿慢慢说道，“没有，我不那样认为，但她的确说了几件让我觉得奇怪的事情。”

“比方说……”

“嗯，她想知道如果她突然死去谁会从中受益。”

“啊，”总警督戴维说，“这么说她也想到了这种可能性，不是吗？她可能突然死去。有意思。”

“她心里肯定有事，但我不知道是什么。她还想知道她有多少钱——或者说当她年满二十一岁的时候能有多少钱。这点也许稍容易理解一些。”

“我想肯定是一大笔钱。”

“相当大的一笔财产，总警督先生。”

“您认为她为什么想知道？”

“关于钱？”

“对，以及谁将继承它。”

“我不知道，”埃格顿说，“我一点都不知道。她还提到了婚姻这个话题——”

“您有这样的感觉吗？在这桩事件中有个男人的身影？”

“我没证据，可是，是的，我当时的确是这么认为的。我确信在什么地方有个即将成为她男友的人。经常如此！勒斯科姆——就是勒斯科姆上校，她的监护人——似乎对这种事一无所知。可是很快，可怜的老德里克·勒斯科姆就做出了改变。当我向他暗示很可能有这么一位不合适的人选时，他非常不安。”

“他的确不合适。”总警督戴维说。

“啊，那您知道他是谁？”

“我能大致猜到。是拉迪斯拉斯·马利诺斯基。”

“那个赛车手？真的吗？一个长相英俊、胆大妄为的人。女人总是轻易地为他倾倒。我不知道他是怎么遇上艾尔维拉的，我看不出他们俩怎么会有交集，除非……对了，我想他几个月前在罗马，她可能是在那儿遇上他的。”

“很有可能。或者，她可能是通过她母亲认识他的？”

“什么，通过贝丝？我认为这绝不可能。”

戴维咳嗽了一声。

“听说塞奇威克夫人和马利诺斯基是亲密的朋友，先生。”

“哦，是的，是的。我知道那些流言。可能是真的，也可能不是。他们是很要好的朋友——他们的生活方式使他们经常遇到一起。当然，贝丝有过风流韵事，但是我想告诉您，她并不是那种沉迷于男色的花痴。人们总喜欢这样谈论女人，但就贝丝而言，这并不正确。不管怎么样，就我所知，贝丝和她女儿之间几乎素不相识。”

“塞奇威克夫人是这么跟我说的。您也这样认为吗？”

埃格顿点点头。

“布莱克小姐还有其他的什么亲戚吗？”

“事实上，一个也没有。她母亲的两个兄弟死于战火——她是老科尼斯顿唯一的孩子。梅尔福特太太，尽管这姑娘称她‘米尔德里德表姐’，实际上是勒斯科姆上校的表姐。勒斯科姆认真负责地用过去的那一套方式照顾这个小姑娘，但这对一个男人来说……是难了点儿。”

“您说，布莱克小姐提到了婚姻这一话题？她不可能，我推测，实际上已经结婚了吧？”

“她还远不够年龄……她必须得到监护人及委托人的首肯。”

“从技术上讲，是这样的。但他们总是等不及就那样做了。”老爹说。

“我知道。非常令人遗憾。人们不得不经历这样的手续，使他们成为受法律保护之人或者别的什么。然而就连做到这点也不太容易。”

“他们一旦结婚了，就结婚了。”老爹说，“我猜测，假如她结了婚，然后突然去世，她的丈夫将继承她的财富？”

“这种对婚姻的想法是不大可能的。她一直被小心地看护着，而且……”他看到总警督戴维脸上讥讽的微笑便打住了话头。

不管对艾尔维拉的看护是多么小心周到，她似乎已经成功地结识了极不合适的拉迪斯拉斯·马利诺斯基。

他没把握地说：“她母亲就是一个例外，您说得对。”

“她母亲就是例外，没错——她可能会那样干——但是布莱克小姐是另一种不同类型的人。她也是那种要做什么就会按照自己的路数来的人，但她办事的方式可大不一样。”

“您不会真的认为……”

“我没有认为什么——至少现在还没有。”总警督戴维说。

第二十四章

拉迪斯拉斯·马利诺斯基看看这个警察，又看看那个警察，然后仰头大笑起来。

"这真是太可笑了！"他说，"你们看上去像猫头鹰一样严肃。你们竟然把我找到这儿来想审问我，这真是太荒谬了。你们没有任何对我不利的东西，什么都没有。"

"我们想，你也许能帮助我们进行调查，马利诺斯基先生。"总警督戴维以一种公事公办的平稳的语调说，"你有辆汽车，奔驰奥托，牌号是 FAN2266。"

"我不能拥有这么一辆车吗？"

"不是的，先生。我们只是对车牌号不怎么确定。你的车曾出现在一条高速公路——M7 上，那时的车牌是另一个。"

"胡说八道。那肯定是另一辆车。"

"像这种型号的车并不多。我们已经核对了所有其他车辆。"

"在我看来，似乎无论你们的交通警察说什么你们都信？真可笑！这是在哪儿发生的？”

“警察让你停车要求看你执照的地方离贝德汉普顿不远。那是在爱尔兰邮车抢劫案发生的当天晚上。”

“你们真的让我觉得好笑。”拉迪斯拉斯 · 马利诺斯基说。

“你有把左轮手枪？”

“当然，我有把左轮，还有一把自动手枪，都是合法持有。”

“你说得对。它们仍然在你手里吗？”

“当然。”

“我已经警告过你了，马利诺斯基先生。”

“有名的警察警告！你说的任何事情都将被记录下来，并在法庭上用作反对你的呈堂证供。”

“你的措辞并非完全正确，”老爹温和地说，“用作，对。反对，错。你不想修正一下你的陈述吗？”

“不，我不想。”

“你确定你不需要你的律师来这儿吗？”

“我不喜欢律师。”

“有些人是不喜欢。这些枪现在在哪儿？”

“我想你很清楚它们在哪，总警督先生。小手枪在我汽车门上的口袋里，那辆奔驰奥托，车牌号是——我已经说过了——FAN2266。左轮手枪在我公寓的一个抽屉里。”

“放在你公寓抽屉里的那把你说得没错，”老爹说，“但另一把，那把手枪并不在你的车里。”

“在的，肯定在。在左手边的口袋里。”

老爹摇了摇头：“它可能曾经在那儿，现在不在了。是这把吗，马利诺斯基先生？”

他将一把小自动手枪递过桌子。拉迪斯拉斯·马利诺斯基非常吃惊地把它拿起来。

“啊哈，对。就是它。这么说是你们从我的车里拿走它的？”

“不是，”老爹说，“我们并没有从你的车里拿走它。它不在你的车里，我们是从别的地方找到的。”

“你们在哪儿找到的？”

“我们在，”老爹说，“庞德大街的某处找到的。你肯定知道，这条街在帕克街附近。可能是被一个走在大街上——也许是跑着——的人扔掉的。”

拉迪斯拉斯·马利诺斯基耸耸肩：“那跟我没任何关系——我并没有把它放在那儿。几天前它还在我的车子里。人们并不经常查看一件东西是不是还在最初放置的地方，经常会觉得它肯定就在那儿。”

“你知道吗，马利诺斯基先生，这是在十一月二十六日晚上用来射杀迈克尔·戈尔曼的手枪。”

“迈克尔·戈尔曼？我不认识叫迈克尔·戈尔曼的人。”

“伯特伦旅馆的门卫。”

“哦，对，被枪杀的那个。我看过这件事的报道。你说是我的手枪打的他？胡说八道！”

“这不是胡说八道。弹道专家已经检查过了。你对武器很了解，也知道他们的证据是可靠的。”

“你们想陷害我。我知道你们这些警察都是干什么的！”

“我想，你对这个国家的警察了解得远不止这些，马利诺斯基先生。”

“你们是说我杀了迈克尔·戈尔曼？”

“到目前为止，我们只是希望听到陈述，还没有做出指控。”

“但你们就是这么认为的——我枪杀了那个一副滑稽打扮、穿得像军人一样的家伙。我为什么要这样做？我并不欠他钱，跟他也没仇。”

“枪击案的目标是位年轻的女士。戈尔曼跑过去保护她，并且用胸口挡住了第二颗子弹。”

“一位年轻的女士？”

“我想是一位你认识的年轻女士：艾尔维拉·布莱克小姐。”

“你是说有人企图用我的手枪去打艾尔维拉？”

他的语气中满是难以置信。

“可能是你们之间有了分歧。”

“你的意思是我和艾尔维拉发生了争吵，然后向她开枪？真是疯狂！我为什么要向我打算娶作妻子的女孩开枪呢？”

“这算你陈述的一部分吗？你打算娶艾尔维拉·布莱克小姐？”

拉迪斯拉斯迟疑了一会儿，然后耸耸肩说道：

“她还很年轻，还需要再商量。”

“也许她曾答应要嫁给你，可后来——她又改变了主意。有人让她感到害怕。那人是你吗，马利诺斯基先生？”

“我为什么想要杀死她呢？要么，我与她恋爱娶她为妻。要么，我不想娶她就不娶。事情就这么简单。可我为什么要杀害她呢？”

“与她很亲近的人中再没别的什么人想杀她了。”戴维停了一会儿，接着几乎是很随意地说，“当然了，还有她妈妈。”

“什么！”马利诺斯基跳了起来，“贝丝？贝丝杀害她的亲生女儿？你真是疯了！贝丝为什么要杀害艾尔维拉？”

“也许是因为，作为至亲，她可以继承一笔巨大的财产。”

“贝丝？你的意思是贝丝会因为钱去杀人？她从美国丈夫那儿得

到了很多钱，不管怎样都够花的了。”

“够花和一大笔财产并不完全一样，”老爹说，“为了一大笔财产，人们的确不惜伤害他人性命，发生过这样的事情，母亲杀害子女，子女杀害母亲。”

“我跟你说，你疯了！”

“你说你可能要娶布莱克小姐为妻，也许你已经娶了她？如果是这样的话，那继承一大笔财产的就会是你。”

“你说的话越来越愚蠢而荒谬了！不，我和艾尔维拉没有结婚。她是个漂亮的女孩子。我喜欢她，她正在和我恋爱。是的，我承认这点。我是在意大利遇到她的。我们过得很开心——仅此而已。再没别的了，你明白吗？”

“真的？刚才，马利诺斯基先生，你非常明确地说她是你打算娶作妻子的姑娘。”

“哦，那个。”

“是的——那个。那是真的吗？”

“我那样说是为了听起来更体面些，你们这个国家太拘泥于礼节……”

“这在我听来不像是个解释。”

“你真是什么都不了解。我和她母亲，我们是情人，我原本不想这么说，所以我才说，我和那女儿，我们订婚了。这样说更符合英国人的传统而且更加体面。”

“听起来更牵强了。你非常需要钱，是吗，马利诺斯基先生？”

“我亲爱的总警督先生，我一直缺钱花。这可真让人伤心。”

“但几个月之前，据我所知，你却挥金如土。”

“啊，我进行了一次幸运的小冒险，我是个赌徒。我承认这点。”

“我觉得这倒挺容易让人相信的。你在哪儿进行‘冒险’呢？”

“这我不告诉你。你很难想象得到。”

“我没有在想象。”

“你们想问我的就这些吗？”

“就目前来看，是的。你已经认明这把手枪是你的了。这将非常有帮助。”

“我不明白，我很难想象。”他打住话头，伸出一只手，“请把它还给我吧。”

“很抱歉，我们得暂时保管它，我给你打张收条。”

他写好收条，递给马利诺斯基。

后者走了出去，重重地关上门。

“喜怒无常的家伙。”老爹说。

“您并没有在假车牌和贝德汉普顿的事件上给他施压？”

“没有。我想让他紧张些，但也不要太紧张。我们一次就让他担心一件事，这样他就真的会只担心这一件。”

“老头子想见你，长官，让你审问完就去。”

总警督戴维点点头，向罗纳德长官的办公室走去。

“啊，老爹，有什么进展吗？”

“是的。进展很好——网里已经有很多鱼了。大多都是些小鱼苗。但我们正在接近那些大家伙。一切尽在掌握……”

“干得不错，弗雷德。”警察厅长助理说。

第二十五章

1

马普尔小姐在帕丁顿车站下了车，看到总警督戴维那粗壮的身影正在站台上等她。

“您真是太好了，马普尔小姐。”他说着，伸手扶着她的胳膊带她越过一道障碍，来到一辆等在路边的汽车前。司机打开车门，马普尔小姐上了车，总警督戴维也跟着进去。汽车发动了。

“您要把我带到哪儿去，总警督戴维？”

“伯特伦旅馆。”

“天哪，又是伯特伦旅馆。为什么？”

“官方的答案是：因为警方认为您能协助他们进行调查。”

“这话听上去很耳熟，但似乎不太吉利？通常是执行逮捕的前奏，不是吗？”

“我们不会逮捕您的，马普尔小姐，”老爹笑着说，“你有不在场证明。”

马普尔小姐静静地体会着这句话，然后说：“我明白了。”

他们一言不发地驱车赶到伯特伦旅馆，走进大门的时候戈林奇小姐从柜台上抬起头来，但总警督戴维领着马普尔小姐径直走到了电梯旁。

“三楼。”

电梯上升，停住，然后老爹走进过道，在前头带路。

当他打开十八号的房门时，马普尔小姐说：

“我之前在这儿的时候就是住这个房间。”

“对。”老爹说。

马普尔小姐在扶手椅上坐下来。

“非常舒适的房间，”她评论道，往四周看看，轻轻地叹了口气。

“这儿的人对舒适肯定有深刻的理解。”老爹赞同地说。

“您看上去很疲惫，总警督先生。”马普尔小姐突然说。

“我必须四处奔波。事实上，我刚刚从爱尔兰回来。”

“真的吗？去了巴利高兰？”

“见鬼，您是怎么知道巴利高兰的事的？很抱歉——我请求您的原谅。”

马普尔小姐笑了笑，原谅了他。

“我想迈克尔·戈尔曼碰巧跟您说过他是从那儿来的，是这样吗？”

“不，不完全是。”马普尔小姐说。

“那，如果您不介意我追问的话，您是怎么知道的？”

“唉，”马普尔小姐说，“那可真是让人难堪。我只是——只是偶然中无意听到的。”

"哦，我明白了。"

"我并不是偷听。那是一个公共房间——至少从理论上讲是个公共房间。说真的，我喜欢听人们交谈。人们都这样，特别是岁数大了，不怎么走得动的时候。我的意思是，要是有人在你附近交谈，你就会听。"

"嗯，在我看来这是很自然的事。"老爹说。

"在某种程度上，是这样的，"马普尔小姐说，"如果人们不想压低声音，你肯定就以为他们不在乎让别人听到。但是当然了，事情总是会变的。有时候会发生这样的情况，你会发现尽管是在公共房间里，谈话的人却没有意识到还有其他人在。那时候你就得决定该怎么办，是站起来咳嗽一声，还是静静地等待，希望他们不会意识到你在那儿。不管采用哪种方法都让人觉得难堪。"

总警督戴维看了看手表。

"您知道，"他说，"我想听您就这点多谈些，但是彭尼法瑟教士会随时到来，我得去接他。您不介意吧？"

马普尔小姐说她不介意。总警督戴维离开了房间。

2

彭尼法瑟教士穿过伯特伦旅馆的大门走进大厅。他微微地皱起眉头，觉得奇怪：伯特伦旅馆今天好像有点不一样。也许加了一些油漆或装饰？他摇摇头。不是那样的，但肯定有什么不一样。他没想到其实不同之处在于一个六英尺高、蓝眼睛黑头发的门卫变成了一个五英尺七英寸高、歪肩斜背、满脸雀斑、帽子下面鼓着一头黄棕色乱发的门卫。他只知道有什么不大一样了。跟往常一样，他迷迷糊糊地向柜台走去。戈林奇小姐在那儿，跟他打了招呼。

“彭尼法瑟教士，见到您真是高兴。您是来取行李的吗？都已经为您准备好了。您要是提前通知我们的话，我们可以给您送过去，无论送到什么地方。”

“谢谢你，”彭尼法瑟教士说，“非常感谢。你总是这么善良，戈林奇小姐。可是，因为我今天无论如何都得来伦敦，所以我自己过来取一趟也是一样的。”

“我们非常为您担心，”戈林奇小姐说，“我们不知道您去了哪里，没人能找到您。听说您让汽车给撞了？”

“是的，”彭尼法瑟教士说，“是的。现在人们开车都太快了，非常危险，可我对那些都毫无印象。我的头部受到了影响，医生说是脑震荡。唉，随着年龄的增长，人的记忆力也……”他伤心地摇着头，“你怎么样，戈林奇小姐？”

“哦，我很好。”戈林奇小姐说。

这时候，彭尼法瑟教士突然发现戈林奇小姐也不一样了。他仔细打量着她，试图分析出不同点在哪。头发？和往常是一样的。也许更卷了一点。黑裙子、项链上的大金属盒、镶着刻有浮雕宝石的胸针，都和往常一样。但肯定有些不一样。也许她瘦了一点？要么是——对，肯定的，她看起来很忧虑。彭尼法瑟教士不太注意人们是不是很忧郁，他不是那种注意他人脸上表情的人，但他今天注意到了。也许是因为这么多年来，戈林奇小姐总是一成不变地向客人们呈现一副完全一样的表情。

“我希望你没生病吧？”他关切地问，“你看上去瘦了。”

“唉，我们有许多忧心的事情，彭尼法瑟教士。”

“的确，的确。我很抱歉。希望不是由于我的失踪引起的。”

“哦，不是的，”戈林奇小姐说，“当然，我们也为此担忧过，但是一听说您没什么事……”她打住话头，然后又说，“不，不是的……是这样的——嗯，也许您没在报纸上看到，戈尔曼，我们门外的警卫，被人杀害了。”

“哦，是的，”彭尼法瑟教士说，“我现在想起来了，我的确看到报纸上提到过这件事——你们这儿发生了一起谋杀案。”

听到他直率地提到谋杀这个词，戈林奇小姐不禁打了一个寒颤。这寒颤竟然让她的黑裙子抖了一下。

“可怕，”她说，“可怕，伯特伦从来没有发生过这样的事情。我的意思是，我们不是那种会发生谋杀案的旅馆。”

“不是的，当然不是，”彭尼法瑟教士赶紧说，“我敢肯定你们不是的。我是说，我从来没有想过那种事情会在这儿发生……”

“当然不是在旅馆里面，”戈林奇小姐说，想到事情的这一面，她的情绪高涨了一点，“是在外面的大街上。”

“这样跟你们就更没有什么关系了。”彭尼法瑟教士安慰她说。

显然说这样的话不怎么合适。

“但它和伯特伦旅馆有联系。我们不得不允许警察在这儿四处询问，因为遭枪杀的是我们的门卫。”

“这么说外面是你们新雇的一个人。你知道吗，不知道为什么我刚才就觉得什么东西看上去有点奇怪。”

“是的，我知道他不太令人满意。我的意思是，不是我们惯有的那种风格。可是当然了，我们不得不赶紧找一个。”

“我现在都想起来了，”彭尼法瑟教士说，把他一周前从报纸上看到的一些模糊的记忆拼凑到一起，“我还以为被打中的是个姑娘。”

“您是说塞奇威克夫人的女儿吗？我想您还记得在这儿见到过她

和她的监护人勒斯科姆上校一起。显然她在大雾中遭人袭击。我想他们是想抢她的包。不管怎么说，他们向她开了一枪，然后戈尔曼——他以前曾是个镇定自若的军人——他冲过去，挡在她前面，用自己的身体挡住了子弹，可怜的人儿。”

“非常让人伤心，非常。”彭尼法瑟教士摇着头说。

“这使一切都变得极为糟糕，”戈林奇小姐抱怨说，“我的意思是，警察不断地进进出出。虽然这也是应该的，但是我们这儿不喜欢这样，尽管我必须承认总警督戴维和沃德尔警佐看起来都非常值得尊敬。他们便装来访，而且样式非常不错，不是人们在电影里看到的脚穿长靴身披雨衣的那种。几乎像普通人一样。”

“呃——是的。”彭尼法瑟教士说。

“您去过医院吗？”戈林奇小姐问道。

“没有，”教士说，“一位非常好心的人，非常好心的人——我想是个种植蔬菜和水果的农夫——把我救了回去，他的妻子照顾我直到康复。我非常感激，非常感激。知道世界上还有这样热心肠的人真是件令人振奋的事情。你不这样认为吗？”

戈林奇小姐说她认为这确实非常令人振奋。“可是，报纸上报道的犯罪案件却总在不断增多，”她接着说，“那些令人感到恐慌的年轻小伙子和姑娘们，他们抢劫银行、抢劫火车、袭击路人。”她抬眼看看说，“总警督戴维正从楼上下来。我想，他可能想和你谈谈。”

“不知道他为什么会想跟我谈话，”彭尼法瑟教士困惑地说，“要知道，他已经找过我了，”他说，“在查德敏斯特。我想，他非常失望，因为我不能告诉他任何有用的东西。”

“您不能吗？”

教士惆怅地摇摇头。

“我记不得了。事故发生在一个叫贝德汉普顿的地方附近，而我一点都不明白我在那儿干什么。总警督不停地问我为什么去那儿，可我无法回答他。非常奇怪，不是吗？他好像以为我曾驾车从一个火车站附近开往一个教区的牧师住所。”

“听上去这很有可能。”戈林奇小姐说。

“这根本不可能，”彭尼法瑟教士说，“我是说，我为什么要开着车在一个自己并不熟悉的地方转悠呢？”

总警督戴维已经走上前来。

“您来了，彭尼法瑟教士，”他说，“感觉身体恢复了吗？”

“哦，现在感觉相当好。”教士说，“不过还经常头痛。医生告诉我不要太累。可我好像还是想不起来我应该记得的事，医生说这些记忆可能永远都不会恢复了。”

“嗯，”总警督戴维说，“只要有希望我们就不能放弃。”他带着教士离开柜台。“我想让您试着进行一个小试验，”他说，“您不介意帮我这个忙吧？”

3

总警督戴维打开十八号的房门时，马普尔小姐仍坐在靠窗的扶手椅里。

“今天街上人可真多，”她说，“比平常要多。”

“哦——这条路通向伯克利广场和牧人市场。”

“我指的不仅是路人，还有那些干活的人：修路工、电话维修车、送肉的餐车……几辆私人轿车。”

“我可以问问吗？您从中推断出什么来了？”

“我没说我推断出了任何东西。”

老爹看了她一眼，然后说道：

“我想让您帮我一个忙。”

“可以，那正是我来这儿的原因。您想让我干什么？”

“我想让您一点不差地重复一下十一月十九号晚上做过的事情。您正在熟睡，然后醒过来——可能是被奇怪的声音吵醒的。您把灯打开，看看时间，从床上起来，打开门然后往外看。您能重复这些动作吗？”

“当然可以。”马普尔小姐说，站起来走到床前。

“请稍等一会儿。”

总警督戴维走过去敲敲连着隔壁房间的墙。

“您得大声点，”马普尔小姐说，“这地方隔音效果非常不错。”

总警督的指关节使上双倍的力量。

“我告诉彭尼法瑟教士数到十，”他看着手表说，“现在，开始吧。”

马普尔小姐碰一下电灯，看看假想的时钟，起床，走到门口，开门，然后向外看。在她右边，彭尼法瑟教士正离开他的房间向楼梯走去。他到了楼梯的顶端，开始沿楼梯往下走。马普尔小姐轻轻地倒吸了一口气，她转过身来。

“怎么样？”总警督戴维说。

“我那天晚上看到的人不可能是彭尼法瑟教士，”马普尔小姐说，“如果现在这个人是彭尼法瑟教士的话。”

“我想您说过……”

“我知道，他看上去像彭尼法瑟教士。他的头发，他的衣服，以及一切。但他走路的姿势不是一样的。我想……我想他肯定是一个更年轻的人。我很抱歉，非常抱歉误导了您，但那天晚上我看到的不是彭尼法瑟教士。对此我非常肯定。”

“您这次真的有十足的把握吗，马普尔小姐？”

“是的，”马普尔小姐说，“我很抱歉，”她又说，“误导了您。”

“您说的也差不多是正确的。彭尼法瑟教士那天晚上的确回到了旅馆。没有人看到他走进来——但那没什么可奇怪的，因为他是半夜后才进来的。他走上楼梯，打开位于您隔壁的房门，走了进去。他看到了什么，或者接下来发生了什么事我们就不得而知了，因为他不能或不愿意告诉我们。要是我们有什么方法让他想起来该多好……”

“当然了，有个德语单词。”马普尔小姐说，似乎仍在沉思。

“什么德语单词？”

“哎呀，我一时想不起来，可是……”

有人敲了一下门。

“我可以进来吗？”彭尼法瑟说，他走了进来，“您还满意吗？”

“非常满意，”老爹说。“我刚才正跟马普尔小姐说呢——您认识马普尔小姐吧？”

“哦，是的。”彭尼法瑟说，对是不是认识她还有些拿不准。

“我刚才正跟马普尔小姐说我们是如何追踪您的行动的。您那天晚上半夜后回到旅馆。您上了楼，打开您房间的门然后走进去——”他停了停。

马普尔小姐发出一声惊叫。

“我想起那个德语单词是什么了，”她说，“替身。”[1]

彭尼法瑟也惊叫一声。“当然，”他说，“当然！我怎么给忘了呢？

①原文为德语 Doppelgänger。

天啊，您说得很对。看完电影《耶利哥之墙》，我就回到这儿，上了楼，我打开我房间的门，看到了——非常奇怪，我分明看见我自己正坐在一把朝向我的椅子里。正像你所说的，亲爱的女士，一个替身。真是太奇怪了！然后——让我想想——”他仰起头，尽力思考。

“然后，”老爹说，“看到您，他们吓得魂飞魄散——他们还以为您安安稳稳地待在卢塞恩呢，于是有人往您头上砸了一下。”

第二十六章

总警督把彭尼法瑟教士送到出租车上，让他继续赶路去大英博物馆，又让马普尔小姐安坐在大厅里。她会不会介意在那儿等上十分钟左右？马普尔小姐并不介意。她很高兴有这样的机会坐在那儿，看看四周，并进行思考。

伯特伦旅馆。这么多的记忆……过去的和现在的交织在一起。她想起了一句法文短语：*尽管时光荏苒，白驹过隙，有些事情依旧如初*。她把词序颠倒过来：*有的事情总是一成不变，无论时光如何流逝*。怎么说都正确，她心里想。

她觉得悲哀——为伯特伦旅馆，也为她自己。她不知道总警督戴维下一步会要她干什么。她从他身上感觉到一股即将成功的兴奋。他的计划终于要实现了。这是总警督戴维的“盟军登陆日”。

伯特伦的生活跟往常一样进行着。不，马普尔小姐发现，跟往常不太一样。是有不同，但她还拿不准不同之处在哪里，也许是因为弥漫其间的不安？

“准备好了吗？”他和蔼地问道。

“您现在要带我去哪儿？”

“我们去拜访塞奇威克夫人。”

“她住在这儿？”

“对。与她女儿一起。”

马普尔小姐站起身。她向四周扫了一眼，喃喃地说道：“可怜的伯特伦。”

“您是什么意思——可怜的伯特伦？”

“我想，我说的是什么意思您心里很清楚。”

“嗯，从您的角度来看，也许我知道。”

“不得不摧毁一件艺术品总是件让人伤心的事情。”

“您把这地方称作艺术品？”

“当然。您也是这样认为的。”

“我明白您的意思了。”老爹承认道。

“就像是……如果花园周边的接骨木长得太疯，除了将它们连根拔起之外您束手无策。”

“我对花园了解不多。但要是把这比喻改成陈腐过时，那我同意。”

他们乘电梯上楼，经过一条走廊，来到角落里塞奇威克夫人和她女儿住的一个套间。

总警督戴维敲敲门，有人说“进来”，于是他走进去，马普尔小姐跟在后面。

贝丝·塞奇威克坐在靠窗的一把高背椅上，膝上放着本书，但却没在看。

“又是您，总警督戴维。”她的视线经过他，扫向马普尔小姐，看上去有点吃惊。

“这是马普尔小姐；”总警督戴维介绍说，“马普尔小姐，塞奇威克夫人。”

“我以前见过您，”贝丝·塞奇威克说，“有一天您和塞利娜·哈茨在一起，对吗？请坐，”她接着说，然后她又转向总警督戴维，“你有关于向艾尔维拉开枪的人的消息吗？”

“没有你所称的‘消息’。”

“我觉得你们不可能会有。在那样的大雾里，捕食的野兽会出来四处巡视，寻找独自行走的女性。”

“有一定的道理，”老爹说，“您女儿怎么样了？”

“哦，艾尔维拉已恢复正常了。”

“她与您一起住在这里吗？”

“是的。我给勒斯科姆上校——她的监护人——打了电话。他很高兴我愿意接受她。”她突然大笑一声，“可爱的老家伙。他一直想促成母女团圆。”

“他的目的可能达到了。”老爹说。

“哦，不，他没有。只是目前，是的，我觉得这是最好的办法。”她扭头望着窗外，变了腔调说，“听说你们逮捕了我的一个朋友——拉迪斯拉斯·马利诺斯基。以什么罪名？”

“不是逮捕，”总警督戴维纠正她的话，“他只是协助我们进行调查。”

“我已经派我的律师去照看他了。”

“非常明智，”老爹赞许地说，“任何人，与警察有了点小麻烦时，找一个律师是很明智的做法。否则他们可能会随便就说些不恰当的话。”

“就连完全无辜的人也要请律师吗？”

“在这种情况下也许更加必要了。”老爹说。

“您真是愤世嫉俗，不是吗？你们都问了他些什么？我可以问问吗？还是您不可以透露？”

“我们想确切地知道他在迈克尔·戈尔曼死的那天晚上的行动。”

贝丝·塞奇威克猛然在椅子上挺直了身子。

“你们竟荒谬地认为是拉迪斯拉斯向艾尔维拉开的枪吗？他们甚至都不认识彼此。”

“可能是他干的。他的车子就在拐角附近。”

“胡说八道。”塞奇威克夫人粗鲁地说。

“那天晚上的枪击事件给您带来多大的不安，塞奇威克夫人？”

她看上去微微有些吃惊。

“我的女儿死里逃生，我当然感到不安。您认为呢？”

“我不是那个意思。我的意思是，迈克尔·戈尔曼的死让您感到多大的不安？”

“我为此感到非常难过。他是个勇士。”

“您认识他，是吗？”

“当然。他在这儿工作。”

“可是，您对他的了解不止这些，对吗？”

“您是什么意思？”

“得了吧，塞奇威克夫人，他是您丈夫，不是吗？”

有一阵子她没有回答，但也没表现出任何烦乱和惊讶的迹象。

“您知道的很多，不是吗，总警督先生？”她叹口气靠到椅背上，“我已经有——让我想想——很多很多年没有见过他了。二十年——不止二十年。可是，有一天我往窗外一看，突然间认出了迈克。”

“他认出你来了吗？”

"很奇怪的是我们都认出对方来了。"贝丝·塞奇威克说，"我们只在一起待过一周左右的时间，然后我的家人就找到了我，给迈克一笔钱把他打发走，然后带着耻辱将我领回家。"

她叹了口气。

"我跟他私奔的时候还非常年轻。我懂的不多，只是个满脑袋装着浪漫念头的傻姑娘。在我心中他是个英雄，主要是因为他骑马的样子让我很着迷。他不知道什么叫害怕，他英俊，开朗，还有着爱尔兰人特有的能说会道！我真的认为我是想跟他一起私奔的！我怀疑他当时可能完全没有这种想法！但我桀骜不驯、十分固执，而且发疯般地坠入了爱河！"她摇摇头。"没持续多久……最初的二十四个小时就足以让我的幻想破灭。他酗酒，为人粗鲁而残忍。我的家人出现将我带回去的时候，我非常感激。我永远都不想再见到他或听到他的消息了。"

"您的家人知不知道您与他结婚了？"

"不知道。"

"您没告诉他们吗？"

"我并不认为我结婚了。"

"为什么？"

"我们是在巴利高兰结婚的，但是当我的家人去的时候，迈克来到我面前，告诉我那场婚礼是假的。他说是他和他的朋友们一起编造的。当时，我觉得他做出那样的事情也是理所当然。我不知道他是想拿给他的那笔钱，还是害怕在我不到法定年龄时就跟我结婚是触犯法律。不管怎样，我一刻也没怀疑过他说的话的真实性——那时候没有。"

"后来呢？"

她好像陷入了沉思之中："直到——哦，很多年以后，当我对生活、对法律上的事有了更多的认识之后，我突然想到我和迈克·戈尔曼很可能已经结婚了！"

"那么，当您嫁给科尼斯顿爵士的时候，您实际上犯了重婚罪。"

"还有在我嫁给约翰尼·塞奇威克，又嫁给我的美国丈夫雷奇韦·贝克尔的时候。"她看着总警督戴维，像是真觉得好笑般地大笑起来。

"这么多的重婚罪，"她说，"真是太荒唐了。"

"您从来没想过离婚吗？"

她耸耸肩。"看起来像个愚蠢的梦。为什么要翻旧账呢？当然，我和约翰尼说起过。"说到他的名字时，她的声音变得柔和起来。

"他是怎么说的？"

"他不在乎。约翰尼和我都不是太守法的人。"

"重婚罪是要受一定惩罚的，塞奇威克夫人。"

她看着他笑了。

"谁会去担心多年前发生在爱尔兰的事情呢？那件事已经结束了，解决了。迈克已经拿了钱滚蛋了。哦，您难道不明白？那只是件小事，一件我想忘却的事。我把那些事情、那些在生活中无足轻重的许多事都放置不管。"

"然后，"老爹以一种平静的声音说，"十一月的某一天，迈克尔·戈尔曼又出现了，并向您勒索？"

"胡说！谁说他向我勒索的？"

慢慢地，老爹的目光移到椅子上静静地坐得笔直的老妇人身上。

"是您。"贝丝·塞奇威克瞪着马普尔小姐，"您怎么可能知道的？"

她的语气听起来与其说是责备，不如说是好奇。

“这家旅馆里的椅子靠背都很高，”马普尔小姐说，“坐上去非常舒适。我正坐在书房的炉火前，想上午出门之前先休息一下。您进来写信，我想你没意识到屋子里还有别人。于是——我听到了您与这个叫戈尔曼的人之间的谈话。”

“您听到了？”

“那是自然，”马普尔小姐说，“为什么不呢？那是公用房间。当你推开窗，叫外面那人的时候，我不知道那会是一次私人谈话。”

贝丝盯着她看了一会儿，然后缓缓点了点头。

“很有可能。”她说，“对，我明白了。但即使如此，你误解了你听到的话。迈克没有敲诈我。他可能动了念头——但在他能试一试之前我就把他吓跑了！”她的嘴角又扬了起来，露出舒心的微笑，使她的脸显得那样迷人。“我把他给吓跑了。”

“对，”马普尔小姐同意道，“我想您很可能做到了。您威胁说要开枪打死他，您处理得——请原谅我的无礼——的确相当不错。”

贝丝·塞奇威克扬起眉毛，觉得有点意思。

“可我并不是唯一听到你们说话的人。”马普尔小姐接着说。

“我的老天！整个旅馆的人都在听吗？”

“另一张椅子上也坐有人。”

“谁？”

马普尔小姐闭上嘴唇。她看看总警督戴维，几乎是带着乞求的眼神。“如果必须要做这件事，那么你去做吧，”这眼神说，“我可做不到……”

“你女儿坐在另一张椅子上。”总警督戴维说。

“哦，不！”贝丝·塞奇威克猛然喊道，“哦不，不是艾尔维拉。我明白了——对，我明白了。她肯定认为——”

“她非常认真地思考了她偶然听到的话，甚至还去了爱尔兰，想要一探究竟。那不难发现。”

贝丝·塞奇威克再次柔声说道：“哦，不……”然后说，“可怜的孩子……即使是现在，她也从未问过我一件事。她把一切都埋在心底，在内心藏得严严实实的。只要她告诉我，我会向她解释一切的——让她知道这都是无关紧要的。”

“在这方面她可能跟您想得不一样，”总警督戴维说，“要知道，有趣的是，”他以一种追忆的、聊天式的语气——像老农谈论他的牲畜和土地一般——继续说道，“经过多年的反复验证，我学会了不相信简单模式。简单模式往往太完美而缺乏真实感。那天晚上的谋杀就像那样。姑娘说有人向她开枪但打偏了，门卫跑过去救她，却被第二颗子弹击中。那可能非常真实，那可能是姑娘所看到的情况。但实际上在这表象的背后，事情可能很不一样。”

“你刚才非常坚定地说，塞奇威克夫人，拉迪斯拉斯·马利诺斯基没有理由谋害你女儿的性命。嗯，我同意您的看法。我想确实没有。他可能是那种与女人吵着架，拔出刀来就往她身上捅的年轻人。但我认为他不会躲在一个地方，残忍地等待时机向她开枪。可是，假如他想杀害的是另外的什么人呢？在尖叫声和枪声响起后，却是迈克尔·戈尔曼死了。假如那恰恰是有意为之的，马利诺斯基安排得非常周到。他选择一个有雾的夜晚，躲在那个地方，等待着，直到你女儿从大街上走过来——他知道她会来的，因为他已经如此安排了——他开枪了。这一枪并不是冲着女孩的。他小心地不让子弹接近她，但她认为肯定是朝着她开枪的。她尖叫起来。旅馆的门卫听到枪声和尖叫声，冲到大街上，然后马利诺斯基开枪打死了他要打死的人——迈克尔·戈尔曼。”

“我一个字也不相信！拉迪斯拉斯究竟为什么要打死迈克·戈尔曼？”

“也许是因为一桩敲诈勒索的小事。”老爹说。

“你是说迈克向拉迪斯拉斯敲诈？凭什么？”

“也许，”老爹说，“和发生在伯特伦旅馆的事情有关。迈克尔·戈尔曼对此可能了解颇多。”

“伯特伦旅馆发生的事情？你是什么意思？”

“那是桩不错的买卖，”老爹说，“精心地策划，漂亮地执行。但纸终究包不住火。马普尔小姐以前就在这里问过我，这地方有什么问题。那么，我现在就回答这个提问。伯特伦旅馆实际上是多年来为人所知的最优秀、最大的犯罪集团之一的总部。”

第二十七章

沉默了大概一分半钟之后马普尔小姐开口了。

“真是非常有意思。”她会话般地说。

贝丝·塞奇威克扭头看着她：“您好像并不感到吃惊，马普尔小姐。”

“不，我并不怎么吃惊，许多事情好像都不太对劲。一切都太完美了，反而没有真实感——要是你能明白我的意思的话。这在戏剧界，叫作精彩的表演。的确是表演——不是真实的。”

“有许多的小事，比如人们以为某人是个朋友或者熟人——却发现自己弄错了。”

“这样的事情是会发生，”总警督戴维说，“但它们发生得太频繁了。对吗，马普尔小姐？”

“对，”马普尔小姐同意道，“像塞利娜·哈茨这样的人真的会犯这样的错误。但其他很多人也这样，那你就不禁要注意这种情况了。”

“她对很多事情都很上心。”总警督戴维对贝丝·塞奇威克说，好像马普尔小姐是他的一只会表演的宠物狗。

贝丝·塞奇威克猛然扭头看着他。

“您说这个地方是一个犯罪集团的总部是什么意思？我觉得伯特伦旅馆是世界上最体面的地方。”

“那是当然，”老爹说，“它理应如此。有人花费大量的金钱、时间和精力把它建成了现在这个样子。真正的人和假冒的人非常巧妙地混杂在一起。你们有一个极棒的演员经理掌管演出——亨利。你们还有那个伙计——汉弗莱斯，特别能说会道。他在这个国家还没有案底，但他曾与境外一些相当奇怪的旅馆交易有牵连。一些非常不错的演员在这里扮演了不同的角色。但是我不得不承认，我对整个结构由衷地感到非常钦佩。这个国家为它花费了巨额的金钱。它一直让犯罪侦查处和地方警察局感到头痛。每次我们好像有了一定的进展，发现了某个事件——结果却发现它与别的事件没有任何关系。可我们没有就此打住，那儿一点，这儿一点。一家汽车修理厂里放着的成堆车牌，能在瞬间换到某些车子上；一家公司拥有数辆家具车，一辆送肉车，一辆杂货车，甚至一两辆假冒邮车；一个赛车手开着辆赛车在不可思议的时间里跑完不可思议的路程；而与此形成鲜明对照的是，一个老教士开着辆老掉牙的莫里斯·牛津吃力地爬行着；一家农舍住着个以种蔬菜水果为业的农夫，他会在必要的时候给予紧急救援，还与一位医生保持联系。我用不着一一列举，这些分支似乎是无止境的，那只是其中的一半，来伯特伦的外国游客则是另一半。他们大多来自美国或英国的自治领地，不会引起怀疑的富人携带大量豪华的行李前来，又带着大量豪华的行李离去，这些行李看起来是一样的，而实际上却不是。进入法国的富有游客不会被海关为难，因为如果游客能为这里带来收入，海关是不会过分惊扰他们的。同一游客不可能多次参与。泥做的罐子不可能总到井里去打水。这些事件都很难找到证据或被联系在一起，但最终都会串起来的。我们已经着手行动了。比方说，卡伯特夫妇——”

“卡伯特夫妇怎么了？”贝丝猛然问道。

“您还记得他们？很不错的美国人，真的非常不错。他们去年在这儿住过，今年又来了这里。他们不会再来第三次了。没有人能来这儿寻欢作乐两次以上。是的，他们到达加来的时候被我们逮捕了。做得非常不错，他们带着的衣箱里面整整齐齐地藏着三十多万英镑——贝德汉普顿火车抢劫案的赃款。当然了，那只不过是沧海一粟。

“伯特伦旅馆，让我告诉你吧，正是指挥这一切的司令部！有一半的员工参与其中。一些客人也参与其中。一些客人的确是他们声称的身份，一些则不是。真正的卡伯特一家，比方说，此时正在尤卡坦半岛。再拿法官勒德格罗夫先生为例：大众脸，又大又圆的鼻子，还有一颗疣子，他非常容易被模仿。彭尼法瑟教士，一个和善的乡村教士，有着一头乱蓬蓬的白发和显著的心不在焉的举止，他的特殊习惯、他从眼镜上方阅读的方式——都非常容易被一个有着高超演技的演员模仿。”

“可那样做又有什么用呢？”贝丝问道。

“您真的是在问我吗？不是明摆着的吗？法官勒德格罗夫先生，有人在一次银行抢劫案现场附近看到他。有人认出他来，提起了这件事。我们进行调查，发现完全是误会。那时候他在别的地方。我们过了很长的时间才意识到这些都是所谓的‘描述误会’。没有人会在意这些看起来与他很相似、但实际上和他又不是特别相像的人。他去掉化装、停止表演之后，这一切都会引发混乱。每一次，都会有一个高等法院法官或一个副主教、一个海军上将、一个少将，在犯罪现场附近被人看到。

“贝德汉普顿火车抢劫案发生之后，赃物到达伦敦之前，至少有四种交通工具参与其中。一辆由马利诺斯基开的赛车，一辆假的箱式货车，一辆里面坐着个海军上将的老式戴姆勒轿车，以及一个长着乱蓬蓬白发的老年教士驾驶的莫里斯·牛津车。这一切真是一次绝妙的行动，安排得非常漂亮。

“可是，这次这帮家伙遇上了件不走运的事，那个糊涂的老教士，彭尼法瑟教士，在错误的日子去赶飞机。他被从机场打发走后，毫无目的地走到克伦威尔大街，看了场电影，半夜后回到这儿，来到楼上他的房间——他口袋里装着房门钥匙。他打开门，走进去，极为震惊地看见好像是他自己的人正坐在一把面向他的椅子上！这伙人最没预料到的是看到真正的彭尼法瑟教士——他本该安安稳稳地待在卢塞恩的——走进来！和他一模一样的人正准备动身去贝德汉普顿扮演他的角色，这时本人却走了进来。他们不知怎么办好，但这伙人中的一员不由自主地迅速采取了行动。我估计是汉弗莱斯。他猛击老人的头部，使他倒在地上失去了知觉。有人，我想，为此感到生气，非常生气。然而，他们检查这老伙计之后，发现他只不过是被击昏了，之后很可能会苏醒过来，于是他们继续按计划进行。假扮的彭尼法瑟教士离开房间，走出旅馆，驱车赶到活动地点，他将在那扮演这场拉力赛中的角色。他们如何处置真的彭尼法瑟教士我就不得而知了，只能靠推测。我推测那天晚上他也被挪动了，被放在车里，带到那个以种植蔬菜水果为生的农夫家里，他的农舍所在的地方离拦劫火车的地方不太远，而且那里还有个医生能照看他。这样，如果有报告说有人在那附近看到过彭尼法瑟教士，一切就都非常吻合。这段时间里，那些相关的人肯定都感到焦虑不安。等到他重新苏醒过来后，他们发现那一击将至少三天的时间打出了他的记忆。”

“否则他们就会杀了他？”马普尔小姐问道。

“不会的，”老爹说，“我想他们不会杀害他的，有人不会让那样的事发生。自始至终，这一点很明显：不管是谁操纵这场演出，他都反对草菅人命。”

“听起来真是荒诞，”贝丝·塞奇威克说，“极其荒诞！我根本不相信你们有任何证据把拉迪斯拉斯·马利诺斯基与这些连篇废话连在一起。”

“我们有很多对拉迪斯拉斯·马利诺斯基不利的证据，”老爹说，“要知道，他是个粗心大意的人。他在不应该来的时候到这附近来溜达。第一次来的时候，他是来与您女儿建立联系的。他们制定了暗号。”

“胡说，我亲口跟您说过她不认识他。”

“她可能跟我这样说过，但那不是真的，她正爱恋着他。她希望这家伙娶她。”

“我不相信！”

“在您这样的位置是不会知道的，”总警督戴维指出，“马利诺斯基不是那种心里藏不住话的人，而您根本不了解您的女儿——这点您必须承认。当您发现马利诺斯基来到伯特伦旅馆的时候，非常生气，对吗？”

“我为什么要生气呢？”

“因为你是这场演出的组织者，”老爹说，“你和亨利，财政方面的事由霍夫曼兄弟负责。他们安排所有有关欧洲银行、账户及其他方面的事情，但是这个集团的老板，管理并安排它的大脑，就是您的大脑，塞奇威克夫人。”

贝丝·塞奇威克看着他大笑起来。“我从没听说过这么荒谬的事情！”她说。

“哦，不，这一点都不荒谬。您有头脑，有勇气，有胆量。您尝试过大多数的事情，您觉得最好再试试犯罪。这件事充满刺激，充满冒险。我可以说，吸引您的并不是钱，而是犯罪带来的乐趣。但您并不主张谋杀，也不主张不恰当的暴力。没有杀戮，没有暴力袭击，只是在必要的时候，在某人脑袋上恰如其分地、好心地轻轻一敲。要知道，您是个非常有意思的女人，是为数不多真正有趣的大盗之一。”

有几分钟的时间，大家都没说话。然后，贝丝·塞奇威克站了起来。

“我想您肯定是疯了。”她将手伸向电话。

“打算给您的律师打电话？在您说得太多之前这样做是对的。”

她猛然一挥手，将电话往话筒架上一摔。

“再一想，我讨厌律师……好吧。您说得很对。是的，我操纵着这场演出。没错，这出戏很有趣。我喜欢它的每一分钟。从银行里、火车里、邮局里以及所谓的押款车里拿钱很让人开心！做安排、做决定都让人开心，这都是非常有趣的事情，拿到钱让我很开心。泥做的罐子不能在井里打太多次水？您刚才是这样说的，对吗？我想您说得对。为了钱，我已经玩得非常开心了。但您说拉迪斯拉斯·马利诺斯基开枪打死了迈克尔·戈尔曼，您错了！不是他，是我。”她突然高声而激动地大笑起来，“不要刨根问底他做了些什么，他是怎么威胁我的……我跟他说过我要打死他——就像马普尔小姐听到的那样——我就真的打死了他。我的做法基本上跟您所说的拉迪斯拉斯的做法一样。我躲在那地方，当艾尔维拉经过的时候，我胡乱地开了一枪，当她尖叫起来，迈克闻声冲到大街上之后，我打中了他身上我想打中的地方，是我让他罪有应得！当然，我有这个旅馆所有入口的钥匙。我从朝向那块地方的门里溜进来，回到楼上我的房间。我从来没想到你会查出这把枪是拉迪斯拉斯的，并且怀疑他。我趁他不注意的时候从他的车子里偷了枪，但绝对没有，我向你保证，把嫌疑转嫁到他头上的念头。”

她扫了马普尔小姐一眼：“您是我说的这些话的见证人。记住，是我杀了戈尔曼。”

“也许您这样说是因为您爱马利诺斯基。”总警督戴维暗示道。

“我没有。”她猛然反驳说，“我是他的好朋友，仅此而已。哦，是的，我们曾经是关系不太亲密的情人，可我并不爱他。在我这一生中，我只爱过一个人——约翰·塞奇威克。”她说起这个名字的时候，声音变得轻柔起来。

“可是拉迪斯拉斯是我的朋友。我不想让他为自己没做过的事情含冤。是我杀了迈克·戈尔曼。我这样说过，而且马普尔小姐也听到了……现在，亲爱的总警督戴维——”她兴奋地提高了声音，大笑起来，“过来逮捕我啊。”

她一甩手臂，用沉重的电话机座砸碎窗户，在老爹站起身之前，就跳出了窗户，斜着身子沿狭窄的护墙飞快地向前移动。戴维拖着肥胖的身躯以令人吃惊的速度迅速跑向另一扇窗，推开窗户。与此同时他吹响了从口袋里掏出来的警笛。

马普尔小姐费了更大的气力过了一会儿才站起来，走到他身边。他们一起注视着伯特伦旅馆正面的墙壁。

“她会掉下去的。她正沿着下水管道往上爬，”马普尔小姐惊叹道，

“可是为什么是往上呢？”

“到房顶上去。那是她唯一的机会，她清楚这一点。老天，看啊，她像猫一样灵活。她看上去就像一只贴在墙上的苍蝇。看看她冒了多大的风险！”

马普尔小姐半闭着眼睛喃喃说道：“她会掉下去的，她不能那样……”

他们注视着的女人从视线中消失了，老爹往房间里缩回身子。

马普尔小姐问：

“您不想去……”

老爹摇摇头。“我这样的体形去有什么用？我已经让手下准备好应付这样的事情了，他们知道该怎么办。过几分钟我们就会知道……我想她不可能斗得过这么多的人！要知道，她是个千里挑一的女人。”他叹口气，“一个不羁的灵魂。唉，每一代人里我们都会遇见这样的人。你不能驯化他们，不能把他们带回社会、让他们生活在法纪之中。他们按自己的方式生活。如果是圣教徒，他们会去照看麻风病患者，或者在丛林中殉道；如果是坏人，他们会做些你听都不想听的残忍之事，有的时候——他们仅仅是野性难驯！要是生在另一个时代，一个每个人都得靠自己的双手，都为了生存而挣扎的时代，我想，这些人是可以被接受的。那样的时代，时时有危险，处处是危险，而他们自己对别人也必然造成危险。那样的世界更适合他们，他们在那里会得心应手的。眼前这样的时代却不是。”

“您知道她打算干什么吗？”

“不知道，出人意料是她的天赋之一。要知道，她肯定已经把这件事想透了。她知道会发生什么，所以她坐在那里看着我们，一边让一切继续，一边进行思考。努力地思考、计划。我想——啊——”

他打住话头，因为突然传来了低沉的车声、车轮的尖叫声、以及大型赛车发动机的轰鸣声。他探身往外看：“她成功了，她到了自己的车子上。”

那辆汽车两轮着地从拐角处驶出时，发出了更多的尖叫声，随着一声怒吼，那漂亮的白色怪物要将整个大街撕成碎片。

“她会杀人的，”老爹说，“如果她不自杀的话，她会杀很多人。”

“我不知道。”马普尔小姐说。

“她是个好驾驶员，肯定的。非常好的驾驶员。但是，还差那么一点点！”

他们听到汽车低吼着疾驰而去，喇叭不停地高声鸣叫；听到发动机的响声渐渐微弱；听到哭声、喊叫声、刹车声；听到汽车鸣喇叭、停车，最后是轮胎凄厉的尖叫声，低沉的排气声以及——

“她撞车了。”老爹说。

他非常平静地站在那里耐心地等待着，这种耐心是他那庞大的身躯所特有的。马普尔小姐静静地站在他旁边。然后，信息像接力一样沿着大街传送过来，对面人行道上的一个人抬头看着总警督戴维，用手迅速打了几个信号。

“她得到了报应，”老爹沉重地说，“死了！以每小时九十英里的速度撞上公园的栏杆。路人除了有些轻微的擦碰之外，没有其他伤亡。了不起的驾驶技术。是的，她死了。”他转身回到屋子中沉重地说，“嗯，她刚刚讲了事情的经过。您听到她说的话了。”

“对，”马普尔小姐说，“我听到了。”她停了停，“那不是真的，我确定。”马普尔小姐平静地说。

老爹看着她：“您不相信她？”

“您相信吗？”

“不，”老爹说，“不，那不是事情真正的经过，是她编出来的，这样就能与案子完全相符，但不是真的。她没有打死迈克尔·戈尔曼。您能猜出是谁干的吗？”

“我当然知道。”马普尔小姐说，“是那个姑娘。”

“啊！您什么时候开始有这样的想法的？”

“我一直这样怀疑。”马普尔小姐说。

“我也是，”老爹说，“她那天晚上充满恐惧，撒的谎也都很拙劣。可我一开始并不能看出她的动机。”

“我也非常迷惑。”马普尔小姐说，“她发现了她母亲的婚姻是重婚，但一个女孩子会因为这个去杀人吗？现在肯定不会！我猜这里有金钱方面的原因。”

“对，是与钱有关，”总警督戴维说，“她父亲留给她一笔巨大的财富。当发现她妈妈与迈克尔·戈尔曼已经结婚的时候，她意识到她妈妈与科尼斯顿的婚姻是不合法的。她以为那意味着她不会得到那笔钱，因为，尽管她是他女儿，但她不是婚生。要知道，她错了。我们以前也有过一个类似的案件，这都取决于遗嘱里的条款。科尼斯顿非常明确地、指名道姓地把财产留给她了。她肯定会得到它的，而她却不知道这一点，她不想失去那笔钱。”

“她为什么如此需要钱呢？”

总警督戴维表情冷酷地说：“用来收买拉迪斯拉斯·马利诺斯基。他很可能是为了她的钱而娶她的，没了钱便不会娶她。那姑娘不是个傻子，她知道这点。但她需要他，不惜任何代价。她不顾一切地爱着他。”

“我知道，”马普尔小姐说，继而解释道，“我那天在巴特西公园看到过她的脸色……”

“她知道，有了那笔钱她就会得到他，而没有那笔钱就会失去他。”老爹说，“所以她计划了一场残忍的谋杀。她当然没有藏在对面，那地方一个人都没有。她就站在栏杆边上，开了一枪，然后尖叫，当迈克尔·戈尔曼从旅馆冲到大街上时，她在很近的距离开枪将他打死，然后继续尖叫，她是个冷静的凶手。她没想连累年轻的拉迪斯拉斯。她偷了他的手枪是因为这是她能轻易弄到的唯一一把枪。她做梦都没想到他会涉嫌，也没想到那天晚上他就在附近。她以为可能会归罪到某个利用大雾的暴徒身上。没错，她是个冷静的凶手。但那天晚上她很害怕！后来，她妈妈又为她感到担心……”

“现在——您打算怎么办？”

“我知道是她干的，”老爹说，“可我没有证据。也许她有初犯者的运气……现在连法律都好像奉行这样的准则：允许狗咬一次人——用大白话说的话。老练的律师能够利用这些博人怜悯的事情编一出好戏——这么小的姑娘，这么不幸的成长过程，再加上，她还很漂亮。”

“是的，”马普尔小姐说，“路西法的孩子一般都很美丽——众所周知，她们会像绿月桂树一样成长。”

“可是正如我跟您说的一样，很可能不会到那个地步。没有证据，您将作为证人被传唤，为她妈妈说的话、为她对这次犯罪的坦白作证。”

“我知道，”马普尔小姐说，“那是她强加于我的，不是吗？她为自己选择了死亡，以求女儿获得自由。她把它作为一个临死的请求强加于我……”

连着卧室的门开了，艾尔维拉·布莱克走了进来。她穿着一件淡蓝色的宽松直筒长裙，金黄色的头发从脸颊两边垂下来。她看上去就像早期意大利油画中的天使一样。她看看马普尔小姐，又看看总警督戴维，说：

“我听到汽车声，相撞声，还有叫喊声……出交通事故了吗？”

“我很遗憾地告诉你，布莱克小姐，”总警督戴维一本正经地说，“你母亲去世了。”

艾尔维拉轻轻地倒吸了一口气。“哦，不。”她说，那是种微弱又无力的拒绝。

“在她逃跑之前，”总警督戴维说，“因为那的确是逃跑——她承认是她杀了迈克尔·戈尔曼。”

“您是说……她说……是她？”

“对，”老爹说，“她是这么说的，你有什么要补充的吗？”

艾尔维拉看了他很长时间，轻轻地摇了摇头。

“没有，”她说，“我没有任何要补充的。”

然后她转身离开了房间。

“那么，”马普尔小姐说，“您打算让她逍遥法外吗？”

短暂的停顿后，老爹一拳砸在桌上。

“不，”他咆哮着，“不，我向上帝发誓，我是不会放弃的！”

马普尔小姐缓慢而沉重地点点头。

“愿上帝能宽恕她的灵魂。”她说。

图书在版编目（CIP）数据

伯特伦旅馆 /（英）阿加莎·克里斯蒂著；舒金佳译．-- 北京：新星出版社，2018.6（2022.2 重印）

ISBN 978-7-5133-3091-6

Ⅰ．①伯… Ⅱ．①阿… ②舒… Ⅲ．①侦探小说－英国－现代 Ⅳ．① I561.45

中国版本图书馆 CIP 数据核字（2018）第 107963 号

伯特伦旅馆

（英）阿加莎·克里斯蒂 著；舒金佳 译

责任编辑：王 欢
特约编辑：郑 雁
责任校对：刘 义
责任印制：李珊珊
封面插图：宣 和
封面设计：周伟伟

出版发行：新星出版社
出 版 人：马汝军
社　　址：北京市西城区车公庄大街丙3号楼　100044
网　　址：www.newstarpress.com
电　　话：010-88310888
传　　真：010-65270449
法律顾问：北京市岳成律师事务所

读者服务：010-88310811　service@newstarpress.com
邮购地址：北京市西城区车公庄大街丙 3 号楼　100044

印　　刷：北京天恒嘉业印刷有限公司
开　　本：910mm × 1230mm　1/32
印　　张：8.125
字　　数：120千字
版　　次：2018年6月第一版　2022年2月第四次印刷
书　　号：ISBN 978-7-5133-3091-6
定　　价：39.00元